AF138665

Uwe Goeritz

Liebe

Undercover

Bibliografische Information der Deutschen Nationalbibliothek:

Die Deutsche Nationalbibliothek verzeichnet diese Publikation in der Deutschen National-bibliografie; detaillierte bibliografische Daten sind im Internet über http://dnb.dnb.de abruf-bar.

Coverbilder: von Christo Anestev und Frank Winkler auf Pixabay

Covergestaltung: Uwe Goeritz

Herstellung und Verlag: BoD – Books on Demand, Norderstedt

ISBN: 978-3-7392-1463-4

Inhaltsverzeichnis

Anmerkungen und Warnungen

Diese Erzählung sollte Jugendlichen nicht zugänglich gemacht werden.

Ausnahmslos alle Beteiligten dieser Geschichte sind erwachsen und über 21 Jahre alt.

Sämtliche Orte, Figuren, Firmen und Ereignisse dieser Erzählung sind frei erfunden. Jede Ähnlichkeit mit echten Personen, ob lebend oder tot, ist rein zufällig und vom Autor nicht beabsichtigt.

1. Kapitel

Sommerregen auf der Haut

Leiser Sommerregen klopfte sanft gegen das Fenster im Schlafzimmer und holte Isa aus den Träumen dieser Nacht heraus. Es musste noch ziemlich früh am Morgen sein, denn die Sonne hatte noch diese rosa Färbung, die Isa so mochte.

Auch der Wecker verkündete ihr mit den Ziffern in fast derselben Farbe, dass sie eigentlich noch mindestens zwei Stunden hätte schlafen können, doch so sehr sie sich auch bemühte, wieder einzuschlafen, gelang ihr das dennoch nicht.

Daher lauschte sie einfach nur auf den Klang der Regentropfen auf dem Fensterglas, der immer wieder durch die Schlafgeräusche des Mannes neben ihr kurz übertönt wurde.

Isa, die eigentlich auf den Namen Isabell getauft worden war, war jetzt fünfundzwanzig Jahre alt und neben ihr schlief ihr Freund Thomas, der sechs Jahre älter als sie war und den sie jetzt schon über fünf Jahre kannte.

Und seit dieser Zeit liebten sie sich, denn es hatte einfach einen großen Knall gegeben, als sie sich das erste Mal in der Uni gesehen hatten. Eine Woche danach waren sie schon zusammengezogen.

Ihr Zusammentreffen musste wohl Schicksal gewesen sein, denn es war ihr erster Tag in der Universität gewesen und Thomas' letzter dort.

Wäre sie damals nicht eine Woche vor der ersten Vorlesung in die Hochschule gegangen, um sich alles anzusehen, dann wären sie sich vielleicht nie begegnet! Und auch an jenem Tage war dieser wundervolle Sommerregen gefallen.

Schmunzelnd dachte sie daran zurück, wie sie händchenhaltend durch den warmen Regenguss gelaufen waren. Sie hatten nur Augen füreinander gehabt und waren dann völlig durchnässt lachend in das kleine Café gehuscht.

Herrlich war es gewesen, als er ihr die feuchten Haare aus dem Gesicht gestrichen hatte. Diese Berührung hatte ihr Herz vollends entflammt und das Feuer brannte noch immer! Das konnte kein Ozean löschen!

Und noch weiter dachte sie zurück, denn schon als Kind hatte sie dieses Gefühl der sommerlichen Tropfen auf der Haut so gemocht.

Bei der Großmutter war sie dann auf dem Dorfe immer nackt durch deren Garten gelaufen und hatte dieses Streicheln auf der Haut genossen.

Ach! Sommer, Sonne, Urlaub und warmes Wasser auf der nackten Haut! Das war einfach nur himmlisch gewesen!

Und jetzt streichelte sie mit ihren Blicken den Mann neben sich. Thomas war gutaussehend, klug, witzig und für einen Unternehmensberater auch noch wirklich gut in Form.

Momentan lag die Decke nur über seinem Unterkörper und gab ihr damit die breite Brust zum Anlehnen preis. In der Hitze der Nacht hatte er auf die Schlafanzugjacke verzichtet und seine entblößte Haut glänzte so schön im ersten Tageslicht.

Dieses Angebot musste jetzt unbedingt genutzt werden und da war es ihr im Augenblick völlig egal, dass sie ihn damit sicherlich wecken würde.

Und selbstverständlich dauerte es nur Sekunden, bis Thomas erwachte, nachdem sie ihren Kopf auf seinen Brustkorb gelegt hatte, um seinem Herzschlag zu lauschen.

„Guten Morgen, meine Schöne", flüsterte er.

Sie hob ihm ihren Mund entgegen und wie so oft fanden sich ihre Lippen zu einem morgendlichen Kuss.

So ein wundervolles Ritual war das geworden, dass sie schon fast die Zeit davor vergessen hatte.

An jedem Morgen mit einem Kuss geweckt zu werden, oder ihn, wie am heutigen Tage, im Bett zu erhalten, war etwas, was sie sich eventuell ihr ganzes Leben lang bereits gewünscht hatte und was allerdings erst mit Thomas eingetreten war.

Alle anderen Freunde zuvor waren da anders gewesen. Nicht so einfühlsam und rücksichtsvoll.

Sie genoss den zauberhaften Kuss und da sie ja noch viel Zeit hatte, erfreute sie sich auch an den Streicheleinheiten ihres Freundes auf ihrer heiß werdenden Haut.

Konnte man ein größeres Glück finden? Wohl kaum! Das prickelte gerade so schön durch ihren Leib und fühlte sich an, wie Regentropfen von innen!

Und da war es nur noch das Sahnehäubchen darauf, dass Thomas ein so leidenschaftlicher und ausdauernder Liebhaber war.

Streichelnd befreite er sie vom Nachthemd, Isa ließ sich ins Gefühl fallen und genoss stöhnend vor Verlangen seine Zuwendungen.

Eine wundervolle Stunde später eilten sie zusammen ins Badezimmer, wo sie sich gegenseitig unter der Dusche abseiften.

Wieder war es diese Empfindung des warmen Wassers auf ihrer noch so empfindlichen Haut, das ihr eine neue wohlige Gänsehaut brachte.

Ein Tag mit Morgensex und einem Orgasmus vor dem Frühstück war einfach nur das Paradies auf Erden!

Jetzt musste sich Thomas allerdings beeilen, aber dafür war es gerade nicht wirklich hilfreich, dass er nach dem Duschen dieses atemberaubende Parfüm benutzte.

Wohl um sie damit zu quälen, denn das sagte ihr sein Gesichtsausdruck so ziemlich unmissverständlich.

Mit diesem Duft konnte ihm alles passieren!

Isa stand neben ihm, inhalierte gierig seinen Wohlgeruch und ihre Knie wurden dabei weich! Das war die reinste Folter!

„Ich liebe dich, mein Herz!", sagte Thomas und wandte sich zum Gehen, aber so einfach wollte sie ihn jetzt nicht aus ihren Fängen lassen.

Seine Gegenwehr war mehr als halbherzig und das Handtuch, welches er sich zuvor nur locker um die Hüften geschlungen hatte, hielt ihren Ansturm auch nur einen Atemzug lang vom ersehnten Objekt ihrer Begierde ab.

Als sich eine weitere halbe Stunde später dann doch die Wohnzimmertür hinter Thomas schloss und sie, immer noch ziemlich selig lächelnd, auf dem Bett saß, zumindest zeigte ihr das gerade der Spiegel in der Tür des Schlafzimmerschrankes, hatte der Regen aufgehört und ein Regenbogen zog sich vor dem Fenster in den Himmel.

So ähnlich musste sich wohl Eva damals im Paradies gefühlt haben.

Zumindest bevor sie von der verbotenen Furcht gekostet hatte.

Ein erneuter Blick auf den Wecker trieb sie augenblicklich zur Eile an, denn an diesem Tag musste sie ihrer Freundin Ramona bis mittags in deren kleiner Kaffeestube aushelfen.

Geschwind warf sie sich die Sachen über, ordnete das Haar noch einmal vor dem Spiegel im Flur und hatte immer noch diesen Gesichtsausdruck, der hoffentlich noch eine Weile halten würde.

Zu Fuß eilte sie davon und lief in den morgendlichen Trubel des Berufsverkehres hinein.

Unzählige Menschen waren auf dem Weg zu ihren täglichen Verrichtungen und es dauerte auch nicht lange, da bog sie in die kleine Gasse ab, an deren Ende bereits die Tische auf den noch feucht glänzenden Gehweg geschoben worden waren.

Das Café lag in der Nähe der Universität und oft saßen auch einige Studentinnen darin. Das war dann immer so eine Erinnerung an das, was sie selbst vor Jahren gemacht hatte.

Und Ramona hatte sie genau in diesem Kaffeehaus kennengelernt, allerdings noch bevor die Freundin es übernommen hatte.

„Hi, Isa", begrüßte die Freundin sie und gab ihr einen Kuss auf die Wange.

„Ich bin Mittag bestimmt wieder da. Ich muss nur mit meiner Tochter zum Arzt", erklärte Ramona, als müsse sie sich dafür entschuldigen, nicht selbst die Arbeit zu machen.

Isa nickte nur und schaute sich um. Noch waren alle Plätze leer, aber es würde wohl nicht mehr lange dauern, bis die bequemen Sessel in der Sonne draußen die ersten Gäste anziehen würden.

Studieren im herrlichsten Sonnenschein, mit heißem Kaffee oder einem leckeren Eis machte doch viel mehr Spaß! Das war schon damals so gewesen.

Ramona eilte davon und Isa schaltete die Kaffeemaschine ein. Die war von der Freundin bereits ausreichend bestückt und wartete nur darauf, die ersten Heißgetränke zuzubereiten und daher war der erste Testlauf des Tages natürlich auch erfolgreich.

Mit der Tasse lehnte sich Isa an den Tresen und erblickte ihr eigenes Spiegelbild hinter der Bar.

Genau an dieser Stelle hatte sie von Thomas einst ihren ersten Kuss bekommen und im Moment spürte sie seine Lippen erneut auf den ihren.

Das Lächeln ihres Spiegelbildes sprach wohl gerade Bände!

2. Kapitel

Freundinnen

Verschlafen setzte sich Jolie in ihrem Bett auf und ihr Blick fiel auf eine Wand aus Kisten und Kartons. Erst am Tage zuvor hatten sie diese Wohnung bezogen und nach dem Aufbau der Möbel waren sie irgendwann mitten in der Nacht einfach nur erschöpft ins Bett gefallen.

Das Ausräumen der Umzugskartons war dann wohl das, was jetzt notwendig werden würde, denn selbst die Kleidung für diesen Tag steckte da irgendwo drin.

Zum Glück hatte ihre Freundin Tina alle Kartons mit einem dicken Filzstift beschriftet und war beim Stapeln so umsichtig gewesen, dass alle mit dieser Aufschrift zu ihr standen.

Dummerweise war die Umzugskiste mit der Beschriftung »Jolies Wäsche« ganz unten im Stapel gelandet.

Zuletzt verladen hieß ja schließlich auch zuerst ausgeladen und darum würde jetzt ihre erste Tätigkeit darin bestehen, die Kartons umzuschichten.

Oder sollte sie einfach die Sachen des Tages zuvor wieder anziehen? Die lagen zusammengeknüllt in einem Haufen vor dem Bett, vermischt mit denen von Tina, die leise im Bett neben ihr schnarchte.

Die dunkelhaarige Freundin hatte ebenfalls einfach im T-Shirt und Slip geschlafen und sah auch in dieser Aufmachung so unglaublich heiß aus.

Vor lauter Anstrengung hatten sie am Abend so schnell geschlafen, dass der sonst obligatorische Gute-Nacht-Kuss ausgefallen war.

Mehr als drei Jahre waren sie beide jetzt schon ein Paar, aber das hier war die erste gemeinsame Wohnung, die sie auch wirklich zusammen gemietet und bezogen hatten. Bisher hatten sie nur Zimmer oder Apartments auf Zeit gehabt, meist in kleinen Hotels oder Pensionen.

Ihr Job als Model und der von Tina als Fotografin passten bislang perfekt zusammen, ließ aber für gemeinsame tägliche Normalität keinen Raum. Das würde sich ab jetzt vermutlich ändern, denn Tina hatte einen Lehrstuhl an der Akademie bekommen und setzte sich damit gewissermaßen zur Ruhe.

Professorin mit noch nicht mal dreißig, das hatte sich die Freundin in dieser Form wohl vor ein paar Jahren auch nicht träumen lassen.

Jolies eigenen Jobs würden ebenfalls erst mal eine Weile ruhen.

Sinnierend strich sie sich die ins Gesicht gefallene fuchsrote Mähne hinters Ohr und sah den Kistenberg an. Wo kam das ganze Zeugs bloß alles her? Hatten sie nicht bis vor ein paar Tagen eigentlich noch aus einem Koffer gelebt? Zumindest hatte sich das immer so angefühlt!

An den meisten der Umzugskisten stand »Tina« dran. Die ältere Freundin hatte Teile ihres Mobiliars in einem Lager untergestellt und jetzt würde wohl der Moment kommen, wo all diese bisher verwahrten Schätze ihren Platz in dieser Wohnung finden würden. Womit sich damit auch ein nicht unerheblicher Teil von Tinas Vergangenheit vor ihr ausbreiten würde.

Was da wohl für Geheimnisse und Erkenntnisse noch darin schlummerten?

Damit war es vermutlich aber eher die Neugier, die sie momentan aus dem Bett zog und nicht so sehr die Suche nach den Sachen, aber noch bevor sie sich vom Lager schleichen konnte, erwachte Tina.

„Dieses Bild würde ich gern festhalten“, flüsterte Tina und richtete sich auf.

Mit einer liebevollen Bewegung strich sie ihr eine vorwitzige Haarsträhne aus dem Gesicht.

„Du hast doch schon so viele Fotos von mir gemacht“, entgegnete Jolie ihr.

„Und jedes davon ist immer anders“, säuselte ihr die Freundin ins Ohr.

„Wir sollten erst mal diesen Berg da bewältigen“, erklärte Jolie und zeigte auf die Kistenwand, die bis auf Schulterhöhe aufgestapelt war.

Tina seufzte und beugte sich näher an Jolies Ohr heran.

„Mon Coeur, mon Amour", flüsterte sie danach.

Sofort waren die Erinnerungen an die Zeit in Paris wieder wach.

„Ich lieb es, wenn du mir was Französisches sagst", entgegnete Jolie, und zwar mit solch einem seltsamen Akzent, dass sie beide in schallendes Gelächter ausbrachen.

„Ok, duschen, anziehen und danach Frühstück?", fragte Tina, nachdem sie sich die Tränen vom Gesicht gewischt hatte.

„Ich hätte dich zwar gern zuvor vernascht, aber die Arbeit geht leider vor!", setzte Tina mit einem Seufzen hinzu.

„Also machen wir es genau in dieser Reihenfolge", antwortete Jolie mit einem Stöhnen, denn auch sie wäre jetzt liebend gern über die Freundin hergefallen, aber der Verstand sprach gerade da dagegen.

Sie schluckte die aufsteigende Gier herunter, sprang aus dem Bett und rannte zum Badezimmer hinüber.

Unterwegs flog das T-Shirt in Richtung des Stapels von Kartons, der Slip folgte unverzüglich.

Tina brauchte für dieselbe Strecke ungewöhnlich lange, aber die Freundin hatte zwei Handtücher mitgebracht, denn Jolie hatte in der Eile nicht daran gedacht, dass die noch in irgendeiner der Kisten gesteckt hatten.

Nackt unter der Dusche stehend konnten sie allerdings beide nicht mehr ihre Finger voneinander lassen. Schön war es und dauerte auch gar nicht lange, bis sie gegenseitig ihre Lust gestillt hatten.

Nach dem gemeinsamen duschen und nachdem sie beide die Kisten mit ihren Sachen gefunden und freigelegt hatten, stellte Tina fest, dass der Kühlschrank selbstverständlich komplett leer und die Kaffeemaschine noch irgendwo verpackt war.

„Ich kenne da ein Café, wo es die besten Croissants der ganzen Stadt gibt", erklärte Jolie und dachte wieder an das kleine Bistro, das sie damals immer besucht hatte, bevor sie ihr Kunststudium abgebrochen hatte, um Model zu werden.

„Na, dann lass uns dorthin gehen, damit wir uns vor dieser Aufgabe noch etwas stärken können", antwortete Tina und warf sich eines der Sommerkleider über, das ihr so perfekt stand.

„Und das Café ist auch noch unmittelbar neben der Uni!", setzte Jolie hinzu, die sich auch eines der Kleider aus ihrer Kiste angelte.

Es war zwar nicht gebügelt, aber hier war es ja kein Modelljob, für den sie vorsprechen wollte und mit Tina an ihrer Seite wäre sie auch im schlabbrigen Trainingsanzug nach draußen gegangen.

Gemeinsam schlenderten sie den Weg am Park entlang und auch das war ein Platz gewesen, an dem sie sich früher gern aufgehalten hatte.

Wenn diese Bänke dort reden könnten, dann würde sie einigen davon wohl den Mund verbieten müssen, denn das war noch zu einer Zeit gewesen, als sie auch Männer gedatet hatte und in ihrer Studienzeit hatte sie es mitunter ziemlich laut krachen lassen.

Momentan lagen einige Frauen im Bikini auf den Decken und lasen in ihren Büchern. Es war nicht klar, ob es Studentinnen waren, aber es war anzunehmen, denn die Uni lag praktisch in Sichtweite von dem kleinen Teich in der Mitte des Parks.

Sie beide spazierten händchenhaltend weiter und ein paar junge Männer pfiffen ihnen hinterher. In diesem bezaubernden Kleid galten die Pfiffe sicherlich auch Tina, denn die Freundin war wirklich eine Augenweide und die sonnengebräunte Haut stand in einem wirklich verlockenden Kontrast zu dem hellen Kleid.

Aus irgendeinem Grunde hatte sie damals beschlossen, hinter der Kamera zu bleiben, obwohl sie wohl auch davor eine große Zukunft gehabt hätte. Vermutlich eine größere, als ihre eigene.

Endlich erreichten sie das Bistro und nahmen auf zwei Korbstühlen an einem Tisch vor dem Café Platz. Ein Sonnenschirm war über ihnen aufgespannt und der angenehme Wind vom nahen Fluss sorgte für zusätzliche Abkühlung.

„Das ist fast wie im Montmartre, oder sogar besser, wegen dieses Flusses dort!", begann Tina und zeigte auf den Zufluss des Teiches.

Sofort flogen Jolies Gedanken abermals zu der Stadt der Liebe, in der sie sich damals ineinander verliebt hatten.

Die Bedienung kam aus dem Geschäft und trat zu ihnen.

„Was möchtet ihr?", fragte sie und Jolie blickte von der Karte auf. Diese Frau kam ihr nur zu bekannt vor.

„Isa? Bist du das?", fragte sie.

3. Kapitel

Erinnerungen

*D*iese Sommersprossen auf der Nase der anderen Frau kamen ihr nur zu bekannt vor. „Jolie? Ja, ich bin Isa. Seit wann bist du wieder in der Stadt? Ich habe dich ja schon ewig nicht mehr gesehen?", entgegnete sie und wäre der anderen Frau beinahe um den Hals gefallen.

„Seit gestern erst", entgegnete die gleich alte Freundin, sprang vom Stuhl und hatte jetzt ihrerseits die Armen um Isas Hals geschlungen.

Die andere Frau räusperte sich hörbar und Jolie löste die Umklammerung ein Stück.

„Isa, das ist Tina, meine Freundin. Tina, das ist Isa, wir haben damals zusammen studiert", stellte die Freundin sie gegenseitig vor.

Tina reichte ihr sie Hand und nickte ihr freundlich zu.

„Freundin?", fragte Tina jetzt.

„Ähm, Partnerin, Geliebte und bis vor ein paar Tagen gelegentlich sogar noch meine Chefin", erklärte Jolie augenblicklich.

Tina nickte lächelnd.

„Eigentlich müsste ich jetzt sauer sein, dass du nichts von mir gesehen hast, denn ich war bisher ein ziemlich erfolgreiches Model. Oder zumindest dachte ich das bis gerade eben", äußerte Jolie und ließ sich in den Korbsessel fallen.

„Oh, bitte entschuldige. Ich habe es nicht so mit der Mode", entgegnete Isa ihr schnell.

Jolie winkte nur ab.

„Also? Was wollt ihr?", fragte sie noch einmal.

„Zwei Kaffee und zwei Croissants", antwortete Tina.

„Kommt sofort", erwiderte Isa und ging zurück an die Maschine.

Während der Kaffee in die beiden Tassen lief, stellte sie alles, was sie sonst noch für das Frühstück brauchen würden, auf das Tablett und beobachtete dabei durch das Fenster die beiden Frauen.

Nicht einmal zwei Jahre hatten sie zusammen studiert, bevor Jolie dann beinahe von einem auf den anderen Tag verschwunden war.

Dieses Gerücht mit dem Model hatte sie bis gerade eben nicht wirklich für bare Münze genommen, aber die andere Frau hatte dem nicht widersprochen.

Selbstverständlich war Jolie schon immer sehr hübsch gewesen, aber mit ihrer Körpergröße von gerade einmal 1,70 war sie einen Zentimeter kleiner, als Isa und weit unter dem, was sie bisher für Models als Standardgröße angenommen hatte.

Die andere Frau sah da viel mehr nach Mannequin aus! Sagte man das heute überhaupt noch so? Mannequin? So hatte es der Vater früher immer gesagt, wenn im Fernsehen mal eine Modeschau zu sehen gewesen war.

Isas Blick ruhte auf den Locken der ehemaligen Freundin und sie dachte zurück. Sie hatten am selben Tag zu studieren begonnen und saßen danach im Hörsaal nebeneinander, aber während für sie mit Thomas eine eher gesittete Zeit begonnen hatte, hatte es Jolie da so richtig krachen lassen.

Von Freitagmittag bis Sonntagabend war sie keine Minute im Wohnheim gewesen.

Mitunter war sie am Sonntag gar nicht in ihr Bett gekommen, sondern direkt von der Party oder dem Bett irgendeines Kerls zum Unterricht gegangen. Und jeden Montag hatte die Freundin dann noch schnell die Hausarbeiten und Seminaraufgaben bei ihr abgeschrieben.

Die Kaffeemaschine signalisierte piepsend das Ende des Brühvorgangs und als Isa die Tassen auf das Tablett stellte, überlegte sie, ob das wohl die richtige Ernährung für ein Model sein konnte.

Die Konfitüre war einfach eine Wucht, aber der Zucker darin fiel in Sekundenbruchteilen auf die Hüften herunter.

Mehr als einmal im Monat genehmigte sie sich daher davon lieber nichts, aber Jolie konnte ja selbst entscheiden, ob sie diese Kalorienbombe auf ihr Hörnchen strich.

Zumindest war es eine Sünde wert und damit kannte sich Jolie sicherlich noch aus.

Geschickt balancierte sie das gefüllte Tablett zum Tisch. Das war etwas, was sie damals gelernt hatte, um ihr schmales Geld aufzubessern.

„Bitte schön", sagte sie und setzte eine Warnung vor der Konfitüre hinzu.

„Ich habe die Jobs erst mal an den Nagel gehängt. Tina wird hier an der Uni eine Professur annehmen und ich spiele dann die Hausfrau!", entgegnete Jolie und ließ dieses schallende Lachen ertönen, für das sie schon damals überall bekannt gewesen war.

Es schien eine Art von Flashback zu sein und um ein Haar hätte sich Isa zu ihr gesetzt, aber ein anderer Gast wollte bezahlen und erinnerte sie damit an ihre Arbeit.

„Wenn Ramona dann kommt, dann können wir quatschen!", erzählte sie noch schnell und eilte zu dem anderen Tisch.

Die Arbeit zog sich und es wurde ein sehr langer Vormittag, bis Ramona endlich erschien.

Isa blickte sich zu Jolies Tisch um und nickte der Freundin zu. Jetzt hatte sie Zeit, aber offenbar drängte Tina gerade zum Aufbruch.

„Wir müssen noch alle Kisten auspacken!", erklärte Jolie.

„Ich kann euch doch dabei helfen und wir können dann über alte Zeiten lästern", entgegnete Isa.

Die beiden Frauen stimmten nickend zu und das Abkassieren der Freundin war ihre letzte Tätigkeit.

Scherzend, erzählend und lachend machten sie sich auf den Weg zu Tinas Wohnung.

Isa konnte sich den Nachmittag einfach so freinehmen. Es gab schon so einige Vorteile, wenn man selbstständig und Künstlerin war. Die freie Zeiteinteilung gehörte da zweifellos dazu.

Das noch nicht so üppig sprudelnde Geld war eher ein Nachteil und ohne Thomas' Gehalt hätte sie sich wohl kaum dieses Appartement leisten können, welches etwas größer als Tinas Wohnung war.

Die Lage und der Schnitt der Räume waren großartig, das Chaos darin allerdings unübersehbar.

Nachdem sich Tina und Jolie einfach nur im T-Shirt und Slip an das Werk gemacht hatten, musste sich Isa ein Trägerhemd von Jolie ausleihen, welches sie danach zusammen mit der kurzen Jeans beim Arbeiten trug, allerdings spannte das Kleidungsstück doch deutlich.

Am liebsten hätte sie es einfach fortgelassen, aber mit Tina in einem Raume traute sie sich das nicht.

Eine Kiste nach der anderen verschwand Tinas Besitz langsam in den Schränken und der Stapel von flach gelegten Kartonagen wuchs neben der Tür an.

„Wann hast du eigentlich festgestellt, dass du auf Frauen stehst?", fragte Isa schließlich Jolie, als sie es vor lauter Neugier nicht mehr aushielt.

„Ich war das sicherlich schon länger und habe mich bloß nicht getraut, es zu sagen. Erst Tina hat mir geholfen, mich dazu zu bekennen!", entgegnete die Freundin.

Gerade fiel Isa der gemeinsame Urlaub in den ersten Semesterferien wieder ein. Thomas hatte damals einen längeren Auslandsaufenthalt gehabt und statt ihn zu begleiten war sie mit Jolie in die Berge gefahren.

Sie hatten sich damals ein Zimmer in einer Pension geteilt und an einem Abend hatte Jolie sie geküsst und ziemlich intensiv gestreichelt.

Bisher hatte Isa das auf den Alkohol und die Stimmung an diesem Abend geschoben.

Obwohl die Freundin damals jeden anderen Tag bei einem der Kerle gewesen war, waren sie in jener Nacht in der Kiste gelandet, wo Jolie sie so flachgelegt hatte, wie sie es gerade mit diesen Kartons hier machte!

Hatte es Jolie damals mit den Männern nur so übertrieben, um von ihrer Neigung abzulenken?

Gerade wurde es Isa ziemlich warm und das lag nicht an der schweren Arbeit bei sommerlichen Temperaturen, sondern an der Erinnerung an jene Nacht im Hotel!

4. Kapitel

Ein Kistenberg

*D*ie Arbeit ging erstaunlich schnell von der Hand. Eine Kiste nach der anderen wurde ausgepackt und die beiden anderen Frauen kicherten im Nebenraum mitunter wie kleine Kinder.

Sie war zwar nur fünf Jahre älter, als die beiden anderen, aber momentan fühlte sich Tina wie die einzige Erwachsene in dieser Wohnung.

Selbstverständlich hatten sich Jolie und Isa Jahre nicht gesehen und mussten jetzt alle Neuigkeiten der inzwischen vergangenen Zeit austauschen, aber das Kichern fand sie komisch.

Plötzlich verstummte es und das war so auffällig, dass sie in den anderen Raum wechselte und von der Tür zu den beiden hinübersah.

Es war schon irgendwie ein seltsames Bild, wie die beiden verschwitzen Frauen dort standen, aber Isas blutroter Kopf sagte gerade aus, dass da wohl etwas zwischen den beiden passiert war, was zumindest Isa unangenehm war.

„Was ist?", fragte Tina, um die Sache zu klären.

„Ach nichts", erwiderte Isa, aber ihr gequälter Gesichtsausdruck passte da irgendwie nicht dazu.

Offenbar bemerkte Isa dennoch, dass sie ihr das nicht glaubte, denn sie wischte sich eine Strähne aus der feuchten Stirn und begann danach zu erklären: „Es ist nur wegen Jolie. Ich habe gerade an unseren ersten gemeinsamen Urlaub gedacht!"

„Und daran, dass ich dich damals vernascht habe", entgegnete Jolie.

„So etwas, in der Art", setzte Isa ihrer Freundin entgegen.

„Es war nur diese eine Nacht. Damals habe ich mich noch nicht getraut, offen dazu zu stehen. Tina hat mir da erst den Weg gezeigt!"

„Ich hatte es bis gerade eben dem Alkohol zugeschrieben. War ich damit deine erste Frau?", entgegnete Isa.

Jolies Schweigen war ihr allerdings wohl Antwort genug gewesen, wodurch Isa offenbar noch mehr Blut in den Kopf stieg.

Isa lächelte etwas komisch und griff nach einer der anderen Kisten.

„Die bitte nicht, da ist meine Fotoausrüstung drin", erklärte Tina schnell und eilte zu ihr hinüber, um den besonders verpackten und wertvollen Behälter zu retten.

Tina öffnete vorsichtig die Schachtel und Isa blickte ihr über die Schulter.

„Wie viele Kameras hast du denn da drin?", fragte sie.

Offensichtlich wollte sie damit die verfängliche Situation klären.

„Fünf! Und ein bisschen Zubehör. Was man halt so braucht, wenn man das beruflich macht", entgegnete sie und zog ihre Lieblingskamera vorsichtig aus der Schaumstoffverpackung in der Box.

„Du bist auch sehr fotogen", erklärte sie, als sie Isa durch den Sucher betrachtete.

„Ach nein, ich bin völlig verschwitzt!", antwortete Isa und versuchte sich in Sicherheit zu bringen.

Lachend ging Tina mit dem Sucher mit. Da brauchte es schon mehr, um ihr zu entwischen. Schnell war das erste Bild gemacht, dann begann sie zu erzähle: „Vor der Modefotografie habe ich auch andere Fotos gemacht. So Landschaften, Stillleben und Menschen. Ich könnte das jetzt wieder machen. Dafür habe ich ja auch meine Professur bekommen. Die Modefotos bringen zwar das Geld, aber das andere hat für mich viel mehr Reiz."

Dann legte sie erneut an und setzte fort: „Es ist authentischer!"

Sie drückte auf den Auslöser und zeigte Isa danach die Bilder auf dem Display.

„Hast du auch Bilder von Jolie?", erkundigte sich Isa.

„Natürlich. Sehr viele. Auftragsarbeiten und Modefotos, aber die privaten gefallen mir besser", entgegnete Tina ihr.

„Aber wollen wir nicht erst weiterarbeiten?", fragte sie und zeigte dann auf den Kistenstapel.

Isa nickte und machte sich wieder ans Werk.

Die gerade eben noch so ausgelassene Stimmung kam zwar langsam zurück, aber dennoch war es Isa anzusehen, dass sie sich gerade etwas unwohl in Jolies Nähe fühlte.

So verging der Nachmittag und schließlich sagte Isa: „Ich muss dann aber auch nach Hause!"

„Willst du vorher noch bei uns duschen? So verschwitzt kannst du unmöglich aus dem Hause", entgegnete Jolie.

Das Zögern war Isa deutlich anzusehen, aber nachdem sie an sich herabgeblickt hatte, stimmte sie schließlich doch zu.

Tina hielt ihr ein Handtuch hin, Isa eilte mit ihren Sachen ins Bad und es war deutlich zu hören, dass sie die Badtür hinter sich verriegelte.

„So ängstlich kannte ich die gar nicht", seufzte Jolie und wischte sich den Schweiß mit dem Handrücken von der Stirn.

„Sie ist nur von der Situation überfordert. Gib ihr einfach etwas Zeit", erklärte Tina ihrer Freundin und bekam einen Kuss dafür.

„Wir sollten auch Schluss für heute machen. Ich räume nur noch meine Kameras fort. Wir müssen auch noch was einkaufen, denn unser

Kühlschrank ist ja immer noch leer", bemerkte Tina seufzend.

„Und danach auf dem Sofa entspannen", entgegnete Jolie und nickte ihr glücklich zu.

Isa kam völlig angezogen aus dem Bad und gab ihr das feuchte Handtuch zurück.

„Hilfst du uns morgen wieder?", fragte Tina während Jolie gerade im Bad verschwand.

„Ja gern. Ich will ja auch noch ein paar deiner Fotos sehen", antwortete Isa und verabschiedete sich von ihr.

Es war ihr wohl ganz recht, dass Jolie gerade unter der Dusche stand, denn so richtig geheuer war es ihr offensichtlich immer noch nicht.

Einige Zeit später tauchte Jolie wieder aus dem Badezimmer auf und rubbelte sich die Haare trocken.

Sie blickte sich fragend im Raum um.

„Isa ist schon gegangen", erklärte Tina ihr.

„Die Dusche wäre jetzt für dich frei", entgegnete sie und legte das Handtuch zum Trocknen zu dem anderen.

„Du und Isa, lief da damals wirklich etwas? Oder war es wirklich nur die eine Nacht?", erkundigte sie sich bei der Freundin.

„Keine Ahnung! Ich wusste seit der Pubertät, dass ich anders fühle, als die anderen, aber ich habe ewig nicht begriffen, was es war. Vielleicht war der Abend und diese Nacht damals ein Versuch, es herauszufinden!", erklärte Jolie und zuckte mit den Schultern.

„Ich muss mir also bei euch beiden keine Sorgen machen?"

„So wie sie reagiert hat? Nein, ganz sicher nicht! Sie ist immer noch mit ihrem Freund zusammen und liebt ihn!", antwortete Jolie.

Das entkräftete nur wenig Tinas Misstrauen, denn es hieß eigentlich, dass Jolie es hätte darauf ankommen lassen, wenn Isa nicht mit Thomas zusammen wäre.

Offenbar bemerkte Jolie jetzt ihren Gesichtsausdruck, denn sie trat auf sie zu, küsste sie und sagte: „Du bist die Liebe meines Lebens!"

Das musste erst mal genügen, aber ein kleiner Zweifelsrest blieb dennoch in ihr stecken.

In Gedanken versunken ging Tina ins Bad.

Nach der Dusche beeilten sie sich, noch die Einkäufe zu besorgen und in den Kühlschrank zu bringen, bevor sie beide erschöpft von den Anstrengungen des Tages auf das Sofa fielen.

Das Abendbrot war dann eine eilig warm gemachte Tiefkühlpizza und zwei Gläser Mineralwasser.

Es war nicht ganz das, womit man den Einzug in eine neue Wohnung feiern konnte, aber das, was im Moment schnell ging.

Danach rief auch schon das Bett nach ihnen.

Der Kistenberg war zum Glück um einiges kleiner geworden.

5. Kapitel

Ring(en) mit Zweifeln

*E*in neuer Morgen begann und Isa schmiegte sich an Thomas an. Beide waren sie gerade erwacht und kuschelten sich noch einen Moment aneinander, bevor sie in eine paar Minuten der Wecker wieder für Stunden voneinander trennen würde.

Thomas musste auf seine Arbeit gehen und sie zu Ramona in deren kleines Bistro.

Unaufhaltsam wanderte der große Zeiger vorwärts und keine Macht der Erde würde ihn vor der Zwölf aufhalten können, es sei denn, die Batterien des Weckers versagten, aber das würde wohl kaum geschehen.

Und selbst wenn, dann würde Thomas es sicherlich bemerken. Das Ziffernblatt mit den extra großen Zahlen befand sich in ihrer beider Blickrichtung und Isa seufzte bei diesem Bild einfach nur laut auf.

Ein paar Sekunden bevor der Wecker klingelte, drückte Thomas auf den Ausschalter.

Jetzt hätte sie noch ein paar Minuten Zuwendung gebraucht, aber Thomas war viel zu kräftig, als dass sie ihn im Bett halten konnte.

Er entwand sich mühelos ihrem Klammergriff und selbst ihr sehnsüchtiges Aufseufzen und der so lange geübte Schmollmund bewogen ihn nicht, an diesem Tage einmal eine Stunde später zur Arbeit zu gehen.

Eigentlich liebte sie sein Pflichtgefühl, aber gerade nervte es ein wenig. Selbst wenn sie sich jetzt das Nachthemd vom Körper reißen würde, so hätte dies nur kurz seine Aufmerksamkeit eingefangen.

Isa legte sich zurück, blickt ihm nach, wie er im Bad verschwand und plante den Rest des Tages für sich.

Wie immer würde sie bis Mittag im Café sein, danach in ihrem Atelier an dem neuen Bild malen und anschließend sehnsüchtig auf Thomas warten.

In Gedanken überschlug sie bereits, was sie mit ihm am Abend machen konnte.

Vor ein paar Tagen wollte sie mit ihm in ein Theaterstück, was er allerdings, wegen zu viel Arbeit bis spät in die Nacht, hatte ablehnen müssen.

Sie war dann einfach mit Jolie gegangen, aber das war selbstverständlich kein adäquater Ersatz für den geliebten Mann.

Vielleicht sollten sie diesen Besuch heute nachholen? Oder ins Kino gehen? Da waren sie auch schon lange nicht mehr gewesen!

Thomas sang falsch und laut unter der Dusche und für einen Moment war sie wild entschlossen, zu ihm unter die Brause zu gehen, aber auf eine schnelle Nummer hatte sie gerade keinen Bock.

Sie wollte etwas mehr Gefühl und das ging nur, wenn sie sich darauf einlassen und es genießen konnte.

Grübelnd an die Decke des Zimmers starrend bemerkte Isa mit einem Mal etwas in ihrer Brust, was sie zuvor nie gefühlt hatte: Da war gerade ein leiser Zweifel an Thomas.

Wo kam der denn jetzt her?

Und hatte sie dafür einen Grund?

Aufmerksam horchte sie in sich hinein. Was war es gewesen, was dieses Gefühl in ihr ausgelöst hatte? Die Hormone? Oder die Zurückweisung von Thomas in den letzten Tagen? Zweites wohl eher!

All die Jahre zuvor hatte er sie niemals eine ganze Woche lang jeden Abend vertröstet, doch in den vergangenen sieben Tagen hatte er jeden davon bis spät in die Nacht in seinem Büro gearbeitet.

Gelegentlich war das auch schon zuvor manchmal aufgetreten, wenn es ein neues Projekt zu beginnen oder zu beenden gab, aber in dieser gebündelten Form noch nie!

Sie stützte sich auf und blickte zur offenen Badezimmertür. Sollte sie hinübergehen und ihn dafür zur Rede stellen? Aber mit welcher Begründung? Mit dem seltsamen Gefühl in ihrer Brust? Das würde wohl kaum zu etwas führen, was auch nur annähernd helfen konnte, dass sie sich danach besser oder anders fühlte.

Es blieb ihr nur zu hoffen, dass sich das nach dem derzeitigen Projekt änderte.

Thomas erzählte ihr selten, was da auf seiner Arbeit geschah. Einmal hatte er es probiert und sie hatte von all den Zahlen und Fakten nur einen Bruchteil verstanden. Sie war nicht so der rationale Typ, der mit großen Summen jonglieren konnte. Das war immer Thomas' Part. Ihr lagen mehr das Künstlerische und das Emotionale am Herzen.

Die Brause verstummte und Isa nahm sich vor, den Freund an diesem Abend zur Rede zu stellen, falls er sie erneut versetzte!

Thomas betrat den Raum, war schon komplett angezogen und trug wieder diesen wundervollen Duft an sich.

Ein letzter Kuss, der ziemlich flüchtig daher kam, dann entwand er sich ihr und ging.

Die Tür fiel ins Schloss und Isa schob sich mürrisch aus ihrem Bett.

Sie folgte dieser betörenden Duftspur bis ins Bad, zog die Luft darin tief in ihre Lunge, warf das Nachthemd in den Wäschekorb und trat danach unter die Dusche.

Das warme Wasser war wie ein Streicheln auf ihrer Haut. Das hätte sie sich von ihrem Geliebten gewünscht!

Mürrisch und nicht so gut gelaunt drehte sie schließlich das Wasser wieder ab, trocknete sich ab und zog sich an.

Als nächster Tagesordnungspunkt kam das Frühstück im Café, bevor ihre Schicht dort begann.

Doch als sie die Schlafstube verlassen wollte, fiel ein Sonnenstrahl auf Thomas' Nachtschränkchen. Es war wie ein Wink des Himmels, dort hineinzusehen und sie gab dem Drang nach.

Mit einem klein wenig Schuldgefühl zog sie neugierig die Schublade auf und blickte hinein.

Was war darin so interessant, dass sie hineinsehen sollte?

Als sie das Schubfach gerade wieder schließen wollte, fiel der Sonnenstrahl auf ein kleines schwarzes Kästchen.

„Na, dann zeig mir mal dein Geheimnis", sagte Isa laut und nahm das Schächtelchen heraus.

Neugierig klappte sie es auf und erblickte darin einen wundervollen Ring.

Ein Halbkaräter! Makellos schön!

So etwas kaufte man nur als Verlobungsring!

Hatte Thomas vor, ihr einen Antrag zu machen? Ihr Herz klopfte schneller. Mit spitzen Fingern zog sie den Brillantring aus dem Kästchen und hielt ihn hoch.

Gerade hatte sie sich noch gefreut, doch jetzt stockte ihr der Atem. Das war höchstens eine 17! Ihre Finger waren nicht so feingliedrig, wie zum

Beispiel die von Jolie. Sie hatte eine 20 und der wundervolle Ring passte gerade mal so auf ihren kleinen Finger!

Zweifel um Zweifel sausten durch ihren Körper.

Hatte Thomas eine andere? War er deshalb abends immer im Büro? In den mehr als fünf Jahren ihres Zusammenseins hatte er nicht mal ansatzweise versucht, ihr einen Antrag zu machen.

Und für wen war dann dieser Ring? Für seine Neue?

Hatte er möglicherweise eine neue Kollegin? Oder eine Affäre?

Jetzt musste sie unbedingt mit ihm reden!

Sie schob das Kästchen samt Schmuckstück zurück in die Schublade, nahm ihr Mobiltelefon und wählte seine Nummer.

Sofort ging die Mailbox ran, aber die konnte sie unmöglich befragen oder beschimpfen!

Das musste persönlich geklärt werden.

Aufgebracht und aufgelöst machte sie sich sorgenvoll auf den Weg zu ihrer Arbeit in Ramonas Bistro.

6. Kapitel

Engel in Reserve

Seit einem Monat lebte Jolie jetzt schon wieder in der Stadt und alles war ihr in diesen paar Wochen erneut so vertraut geworden, als wäre sie nie von hier fort gewesen.

Es hatte sich so rein gar nichts geändert!

Wie jeden Morgen schlenderte sie zum Frühstück in Ramonas Bistro, dort würde sie sicher auch Zeit für einen Plausch mit Isa haben und anschließend beim Joggen erst das Hörnchen wieder von den Hüften bekommen und danach im Fitnessstudio und in der darin befindlichen Sauna auch noch diese wundervolle Erdbeermarmelade abarbeiten oder ausschwitzen, auch wenn das eigentlich die reinste Verschwendung war.

Seit einer Woche war Tina jetzt so in den Studienbetrieb eingebunden, dass sie kaum noch eine freie Minute hatte. Von sechs Uhr in der Früh bis spät in der Nacht war sie in der Uni.

Natürlich wusste Jolie, dass Tina es ganz besonders schwer hatte, denn die anderen Professoren waren alle mindestens doppelt so alt, wie sie. Tina musste sich erst noch einarbeiten, durfte sich keinen Schwachpunkt leisten und hatte auch noch alle gegen sich.

Zumindest hörte sie das aus manchen Andeutungen ihrer Partnerin heraus.

Und da sie nun mal die Modeljobs an den Nagel gehängt hatte, langweilte sie sich so furchtbar. Da blieb eben nur, wenigstens die Form und die Fitness zu halten.

Sie war schon immer sehr diszipliniert gewesen. In der Branche war das einfach unumgänglich! Man musste zu jeder Tages- oder Nachtzeit fit für den nächsten Auftrag sein und konnte dem Agenten nicht sagen, dass man auf die Fashion Week in New York verzichtete, weil man 10 Kilo zu viel auf den Hüften hatte. So etwas wäre das aus!

Mitunter nervte das zwar gewaltig, aber es war eben nun mal ihr Job. Jedenfalls bis vor ein paar Wochen.

Am Stadtpark blieb sie kurz stehen und schaute auf die spiegelnde Fläche des kleinen Teiches. Das sicherlich kühle Wasser lockte an diesem heißen Tag schon sehr.

Vielleicht sollte sie an diesem Tage einfach mal auf das Studio verzichten und lieber eine Runde schwimmen.

Irgendwo war doch noch der Bikini und wollte endlich wieder an die frische Luft. Und eine große Decke würde sich bestimmt auch noch finden lassen.

Möglicherweise kam Isa nach ihrer Schicht einfach mit.

Die anfängliche Distanz der Freundin war mit jedem Tag immer mehr geschmolzen und jetzt war es wieder diese alte Herzlichkeit zwischen ihnen. Isa hatte akzeptiert, dass sie zwar auf Frauen stand, aber eben nichts von ihr wollte.

Der Hunger zog sie davon und als die Kirchturmuhr zehn Uhr verkündete, traf sie an dem Café ein.

Fast alle Tische waren noch frei und sie ließ sich an einem davon in den Sessel sinken. Die Sonne stand über den Bäumen, aber der breite Sonnenschirm würde sie beschützen. Ein leichter Wind zog um das sommerliche Kleid und sorgte für Erfrischung.

Kaum hatte sie sich zurückgelehnt, da eilte Isa bereits zu ihr herüber.

„Wie immer", erklärte Jolie laut, aber Isa ging nicht wie immer zurück in das Gebäude, sondern setzte sich zu ihr.

In ihrem Gesicht war ein seltsamer Zug um den Mund.

Bisher war Isa immer die Fröhlichkeit in Person gewesen, aber an diesem Tag stimmte da etwas nicht.

„Was ist?", fragte sie deshalb.

„Irgendwas ist mit Thomas", entgegnete Isa seufzend.

„Definiere irgendwas", antwortete sie.

„Na ja, er ist seit mehr als einer Woche jeden Tag bis spät in der Nacht in seinem Büro", begann Isa.

„Das ist Tina auch. Und?"

„Heute früh habe ich einen Ring bei ihm gefunden, einen Brillantring mit mindestens einem halben Karat. Aber die Größe ist nicht mal annähernd so, dass er mir passen könnte. Eher einem Kind, aber wer schenkt so etwas schon einem kleinen Mädchen!", erklärte Isa.

„Bist du dir sicher, dass es ein Halbkaräter ist?", antwortete Jolie ihr.

„Er sah zumindest so aus."

„Es gibt Ringe, die sehen täuschend echt aus und sind nur Imitate. Bei meinen Jobs haben sie mich mitunter behängt, wie einen Weihnachtsbaum. Überall hat das gefunkelt und geglitzert und dennoch waren es nur Zirkonia für ein paar hundert Euro!", erwiderte sie zweifelnd.

„Meinst du?", fragte Isa unsicher nach.

Jetzt war es Zeit, mal ein bisschen aus dem Nähkästchen zu plaudern, um Isas Stimmung ein wenig zu heben.

„Ich weiß noch, wie ich damals bei diesem Unterwäscheshooting in Paris gewesen bin. Da hatte ich nur zwei schmale Streifen Stoff auf der Haut und tausende glitzernde Steine an mir. Tina hat mich damals fotografiert und nach diesem Shooting haben wir uns so richtig ineinander verliebt. Sie hat mir danach den Spitznamen Red Desire gegeben. Wohl wegen meiner Haare!"

„Vermutlich nicht nur deshalb!", entgegnete Isa schmunzelnd.

Jolie nickte und lächelte bei der Erinnerung an diese Fotoaufnahmen.

„Und dann war da dieser Auftritt bei der Show! Ich fast nackt, hinten mit zwei riesigen Flügeln und um den Hals eine wunderschöne Kette, die ein Vermögen gekostet hat!"

„Du warst eine von den Engeln?", erwiderte Isa aufgeregt.

„Reserveengel würde ich es eher nennen. Ich stand nur hinter dem Vorhang bereit, falls einem der anderen Model etwas geschehen würde. Aber Heidi, Naomi oder Cindy sind Profis. Da müsste die Welt untergehen, dass die nicht auf den Runway gehen. Die laufen selbst mit einem gebrochenen Bein noch lächelnd eine Runde! Allerdings noch mal zu dem Ring, damals stand da ein Wachmann mit Pistole in meiner Nähe und hatte die Kette ständig fest im Blick. Man trägt nur selten eine halbe Million Dollar um den Hals!"

„Ja, der Ring. Meinst du wirklich, das wäre ein Zirkonia?", erwiderte Isa jetzt etwas erleichtert.

„Möglich! Ich müsste ihn sehen und anfassen. Ist es ein Brillant, dann kannst du damit ein Glas anritzen!", erklärte Jolie ihrer Freundin.

„Dann zeige ich ihn dir nach meiner Schicht! Jetzt bringe ich dir erst mal dein Frühstück und danach reden wir ein wenig von Heidi, Cindy und Naomi!", erklärte Isa, zwinkerte ihr zu und eilte in das Café hinein.

Wenig später hatte Jolie ihren herrlich duftenden Cappuccino vor sich stehen und da gerade nicht viel los war, konnte Isa an ihrem Tisch bleiben.

Bei einem leckeren Erdbeermarmeladenhörnchen schwärmte sie danach regelrecht von diesem Event. Sie zeigte Isa auch ein paar Selfies, die sie mit den Supermodels vor und nach der Show in der Garderobe aufgenommen hatte und erzählte von der ausgelassenen Party danach.

Die Erzählungen lenkten Isa offensichtlich von ihrem Kummer ab, denn sie lächelte wieder.

7. Kapitel

Ideen aus der Verzweiflung

*D*er Vormittag war erstaunlich ruhig. Vermutlich lagen alle Studenten mit den Studentinnen zusammen irgendwo am Teich. Zumindest diejenigen, die nicht in der Uni sein mussten. Somit hatte sie Zeit, um Jolies Erklärungen zu lauschen.

Bisher hatte die Freundin noch nicht viel von ihrem aufregenden Leben erzählt, doch an diesem Tage war es jetzt so weit, dass sie regelrecht ins Schwärmen kam.

Die Fotos auf Jolies Handy unterstrichen diese Ausführungen ziemlich bildreich. Es muss wohl ein sehr aufregendes Leben gewesen sein, dass sie dort in den verschiedensten Städten geführt hatte.

Sie selbst war bisher nur bis zum Balaton und einmal nach Ibiza gekommen.

Jolie hingegen zeigte ihr gerade Bilder von Kapstadt, Melbourne, Rom, Mailand, New York und London. Selfies mit Topmodels, die Isa nur vom Fernsehen kannte, und mit Promis, von denen Jolie einige pikante Details zum Besten gab.

Schließlich erschien Ramona und setzte sich noch ein paar Minuten zu ihnen, bevor die Freundin sie in die Freizeit schickte.

Jolie zahlte und sagte danach: „Und jetzt zeigst du mir den Ring, ich werde dir bestimmt sagen, dass er keine zwanzig Euro wert ist und danach legen wir uns im Park an den Teich und lassen uns die Sonne auf den Bauch knallen!"

„Ich weiß gar nicht, ob mir mein Bikini noch passt", setzte Isa ihr entgegen.

„Wenn wir eine nicht einsehbare Stelle im Schilf finden, dann sonnen wir uns einfach nackt, meine Liebe", witzelte Jolie.

Jetzt eilten sie zusammen zurück zu ihrer Wohnung.

„Deine Wohnung ist ja noch viel größer, als unsere", erklärte Jolie bewundernd, als sie Seite an Seite das Appartement betraten.

„Thomas zahlt die Miete von seinem Gehalt. Von meinen Bildern könnte ich mir die niemals leisten. In manchem Monat verkauft die Galerie maximal zwei oder drei Gemälde!", seufzte Isa und schloss hinter ihnen die Tür.

„Wenn du magst, dann gib mir die Adresse von deiner Gemäldeausstellung. Da poste ich mal ein paar Beiträge! Das steigert sicherlich deinen Umsatz! Deine Bilder sind toll!", bemerkte Jolie und zeigte auf das Gemälde, das sich gerade im unvollendeten Zustand auf der Staffelei befand.

„Erst mal den Ring, damit ich wieder ruhiger werde!", antwortete sie und machte sich auf den Weg ins Schlafzimmer.

Sie zog die Schublade auf und der Ring war nicht mehr darin.

„Ähm", entfuhr es ihr und sie suchte in dem Fach nach der kleinen Schmuckschachtel.

„Hast du das eventuell nur geträumt?", fragte Jolie und blickte über ihre Schulter in die Schublade.

„Nein! Ich bin doch nicht verrückt!", entfuhr es ihr.

„Na ja, nicht, dass du ihn völlig zu Unrecht verdächtigst", erklärte Jolie und sah sich im Zimmer um.

„Da liegt ein Zettel auf deinem Nachtschrank", erzählte die Freundin einen Moment später.

Isa blickte dorthin und ging anschließend um das Bett herum.

„Der ist von Thomas. Er schreibt, dass er ganz dringend zu einer Weiterbildung muss. Für zwei Wochen!", entfuhr es ihr.

„Also spontane mehrere Wochen lange Weiterbildungen sind mir auch irgendwie suspekt", antwortete Jolie und nahm ihr den Zettel ab.

„Da steht auch eine Telefonnummer drauf, unter der du ihn erreichen kannst. Diese Landesvorwahl kenne ich, das ist Italien!", setzte Jolie hinzu und zog ihr Handy aus der Tasche.

Sie tippte die Nummer ein und erklärte weiter: „Ein ziemlich exklusives Hotel mit fünf Sternen in San Vincenzo in der Toskana, direkt am Meer!"

Danach drehte sie das Handy um und die Bilder von dem Bau waren außerordentlich beeindruckend.

„Was arbeitet dein Freund noch mal?", fragte sie.

„Er ist Unternehmensberater!"

„Vermutlich ein ziemlich erfolgreicher! So eine noble Herberge könnte ich mir zwar leisten, aber ich würde mein Geld lieber für etwas anders benutzen!", erzählte Jolie weiter und zeigte auf den unteren Rand, an dem die Zimmerpreise standen.

„Also so langsam mache ich mir auch Gedanken!", sagte sie noch und machte es damit nur noch viel schwerer für sie, die Ruhe zu bewahren.

Der Ring war fort, Thomas für mindestens zwei Wochen verschwunden und wenn er da wirklich vierzehn Tage in diesem Prachtbau übernachtete, dann war das mehr, als diese luxuriöse Wohnung hier im viertel Jahr kostete.

Verzweifelt setzte Isa sich auf das Bett und starrte abwechselnd den Zettel und das Handydisplay der Freundin an.

Was konnte das nur bedeuten?

Jolie nahm Thomas' Bildnis von ihrem Nachtschrank und sah es sich an.

„Du hast mir damals zwar ein paar Fotos von ihm gezeigt, aber er ist mit den Jahren noch viel attraktiver geworden!", erzählte die Freundin und machte es damit noch schlimmer.

„Ich muss da hinterher!", entfuhr es ihr und sie sprang vom Bett.

„Moment!", erklärte Jolie und hielt sie an der Schulter fest.

„Was? Lass mich", entgegnete Isa und versuchte sich zu befreien.

„Was willst du ihm denn sagen, wenn du dort bist?"

„Da fällt mir dann schon etwas ein!", entgegnete sie und versuchte an den Schrank zu kommen.

Doch Jolies Griff war nur schwer abzuschütteln.

„Vielleicht ist das alles auch nur ganz harmlos und du machst dir ganz umsonst Sorgen", versuchte Jolie sie jetzt zu beruhigen.

„Und was, wenn nicht", stöhnte Isa auf.

Gerade fiel ihr eine Dokumentation ein, die sie vor ein paar Wochen gesehen hatte. Da hatte eine Versicherung auch eine sogenannte Weiterbildung gemacht. Mit zügellosem Sex, wilden Orgien und Alkohol bis zur völligen Bewusstlosigkeit!

Die Bilder von damals brannten sich gerade in ihr Gehirn! Wollte sie wirklich dorthin, um dann festzustellen, dass Thomas irgendwo nackt und besoffen unter einem Tisch lag, während ein Dutzend ebenfalls nackter Frauen um ihn herumtanzten?

Und dann kam noch hinzu, dass schon alleine der Flug gerade ihre finanziellen Möglichkeiten sprengen würde.

„Was mache ich bloß?", brach es aus ihr heraus und sie ließ sich auf das Bett sinken.

Grübelnd starrte sie vor sich hin und überlegte.

Eine Bemerkung von Jolie blitzte durch ihr Gehirn und ließ sie aufblicken.

„Du könntest da hin und schauen, was er da treibt!", erklärte sie.

„Jetzt bist du aber völlig verrückt geworden! Oder?", entgegnete Jolie.

„Wieso? Er kennt dich nicht, du hättest das Geld für ein paar Tage und könntest ja schauen, was er da wirklich macht!", erläuterte Isa ihren Plan.

„Und Zeit hättest du auch! Du hast doch vorhin gesagt, dass Tina gerade zu sehr in ihre Arbeit eingebunden ist! Du könntest also einfach mal dort Urlaub machen! Ein erfolgreiches Topmodel in der Toskana! Klingt das nicht gut?"

„Das klingt verrückt!", wehrte Jolie ab.

8. Kapitel

Ein irrer Plan

Isa saß vor ihr und kämpfte gerade mit den Tränen. Das konnte sie nicht ungerührt ansehen! Aber diese Idee der Freundin klang viel zu absurd!

Jolie setzte sich zu ihr auf die Bettkante, blickte auf das Handy und sah die wundervollen Fotos von diesem herrschaftlichen Anwesen.

Selbstverständlich wäre das ein ausgezeichneter Platz für ein paar Tage Urlaub, aber dieser Plan, dabei Isas Freund auszuspionieren, war viel zu krass.

Isa nahm ihr das Handy ab und wischte die Bilder eines nach dem anderen zur Seite.

„Da gibt es einen Pool, einen direkten Zugang zum Meeresstrand, eine Bar, eine Tanzfläche und schau dir die Zimmer an. Mit einem Himmelbett!", erklärte sie.

Es war viel zu auffällig, dass Isa alle positiven Punkte dieses Urlaubes gerade in den höchsten Tönen schilderte, um damit ihren Widerstand zu brechen.

Und wirklich waren die Fotos herrlich. Wenn die nicht nachträglich bearbeitet worden waren, dann versprach das wirklich eine Urlaubszeit der Extraklasse zu werden.

„Da muss ich aber erst mit Tina darüber reden", lenkte sie schließlich ein.

Isa fiel ihr sichtbar erleichtert um den Hals.

„Und was genau soll ich da jetzt machen?", fragte Jolie zur Sicherheit lieber noch einmal nach.

„Thomas kennt dich ja nicht. Du könntest dich unauffällig an ihn heranmachen und dann herausfinden, ob er mir treu ist!"

„Unauffällig? Gerade hast du noch gesagt, ich wäre ein Topmodel! So jemand macht sich nicht unbemerkt an jemandem heran. Das erregt dann nur erst recht den Verdacht!", erklärte sie und bemerkte, dass sie sich gerade in etwas hineinsteigerte, was möglicherweise auch aus dem Ruder laufen konnte.

„Wie weit sollte ich eventuell gehen? Was ist für dich Untreue? Ein Kuss? Flirten? Mehr?", erkundigte sie sich.

„Ein freundschaftlicher Kuss ist nicht schlimmes und unverbindliches Flirten auch nicht, aber wenn er zu weit geht, dann will ich es wissen!"

„Was wäre denn zu weit?", fragte sie vorsichtshalber nach.

Isa blickte auf den anderen Nachtschrank und überlegte offenbar.

„Als Erstes würde ich gern wissen, für wen dieser Ring ist!", sagte die Freundin nach einer

Weile und setzte dann hinzu: „Und wenn er dir an die Wäsche will, dann schieße ich ihn ab!"

„Na fein. Eine Woche Urlaub im Sommer in der Toskana! Ich könnte mir etwas Schlimmeres vorstellen!", seufzte Jolie und schaltete das Handy aus, um es nur wenig später wieder einzuschalten, eine Unterkunft in dem Hotel zu buchen und den Flug zu reservieren.

Hatte sie nicht ein paar Minuten zuvor noch vorgehabt, vor dieser Reise erst noch mit Tina zu reden? Jetzt war offenbar schon alles entschieden.

„Morgen früh fliege ich los!", setzte sie noch hinzu und überschlug dabei in Gedanken die Größe des Loches, dass diese Woche in ihre Geldbörse reißen würde.

Eine erfolgreiche Woche als Model bei der Fashion Week in New York oder eine Woche Urlaub in der Toskana mit Flug. Das entsprach so in etwa der Einnahmen- und Ausgabenseite!

„Da das jetzt geklärt wäre, wie wäre es dann jetzt mit einem Bad im See?", erkundigte sich Jolie schließlich.

„Warum nicht? Ich kann jetzt eh nichts mehr tun!", entgegnete Isa.

„Textil oder FKK?", fragte Jolie nach.

„Ich kenne einen kleinen See mit einem lauschigen Strand, da ist das völlig egal!", antwortete Isa.

„Vorsicht! Du weißt schon, dass ich lesbisch bin! Nicht, dass ich dich dann wieder vernaschen will!"

„Ich weiß, dass du auf Frauen stehst. Nur eben nicht auf mich! Und nur darum vertraue ich dir meinen Freund an. Da kann überhaupt nichts passieren!", erklärte Isa.

„Na fein! Da muss ich meinen Bikini auch nicht suchen. Wir brauchen nur ein paar große Handtücher, etwas zu trinken und eine Fahrgelegenheit!"

„Handtücher habe ich im Schrank, Wasser ist im Kühlschrank und unten stehen unsere Fahrräder. Du kannst das von Thomas nehmen!", legte Isa fest.

Jetzt war die zuvor noch kopflose Freundin wieder ziemlich selbstbewusst und souverän.

Nur ein paar Minuten später waren sie mit den Rädern unterwegs.

Es ging aus der Stadt hinaus zu einem See, den Jolie in ihrer Studienzeit noch nicht erkundet hatte, der Isa aber offenbar gut bekannt war.

„Ich zeichne dort gelegentlich und kann da auch baden. Der ist vollkommen abgelegen und so idyllisch", schwärmte die Freundin auf dem Weg regelrecht von diesem Gewässer.

Es dauerte knapp eine Stunde, die sie ziemlich zügig fuhren, bis sie einen wirklich sehr romantischen Platz erreichten.

Ein kleiner Weiher mit einem Wald auf der einen Seite und etwas Schilf mit einer Grasfläche auf der anderen.

Einige Enten und ein einzelner Schwan zogen auf der Wasseroberfläche ihre Kreise. Das Schilf wiegte sich im warmen Sommerwind, aber es gab hier kaum Schatten.

Nach Sekunden lagen die Räder im Gras, Isas Korb stand auf der Wiese und ihre Kleidung lag daneben.

Aus dem schnellen Lauf sprangen sie von einem morschen Steg in das lauwarme Wasser, das an diesem heißen Tag wirklich genau die richtige Temperatur hatte.

Gemeinsam schwammen sie ein Stück auf den Schwan zu, den das aber nicht im Geringsten interessierte. Majestätisch glitt der stolze weiße Wasservogel dahin.

Nach ein paar Runden lagen sie dann, gut mit Sonnencreme versehen, nebeneinander mit dem Bauch auf den Handtüchern am Ufer und schauten auf den See hinaus.

Die Enten kamen, wohl in der Aussicht auf etwas Futter, zügig näher, verloren aber schon bald ihr Interesse, als sie bemerkten, dass es hier bei zwei nackten Frauen nichts zu holen gab.

Isa war jetzt offenbar die Ruhe selbst. Gelassen spielte sie mit einer Hand im Teich und sah den Wasserkringeln zu, die ihre Spielerei dort auf der Oberfläche des Gewässers erzeugte.

Es war deutlich zu spüren, dass die Freundin damit ganz zufrieden war, dass sie sich um Thomas kümmern würde.

Isas Auftrag bestand zwar darin, die Treue des Freundes zu testen, aber ihr Gedanke dahinter war offensichtlich auch, dass sie als ehemaliges Topmodel wohl jede weibliche Konkurrenz aus dem Felde schlagen würde. Und solange sie bei Thomas war, lag eben keine andere bei ihm. Und wenn sie ihn nicht an sich heranließ, dann war er auf alle Fälle der Freundin treu.

Das war der Plan, aber hatte die Freundin es sich gut überlegt? Oder gab es da eine Schwachstelle in dieser Idee?

Sie kannte den Mann nur von ein paar Fotos und Isas Beschreibungen, aber wenn davon nur die Hälfte stimmte, dann war er das Ziel einer jeden ledigen Frau und der Traum jeder Schwiegermutter!

Isa ging zum Korb zurück, kramte einen Zeichenblock daraus hervor und begann sie zu malen.

Die Freundin war schon immer die bessere Künstlerin gewesen. Beinahe geräuschlos zog der Bleistift ihre Konturen auf das Papier.

Isa war so in ihre Arbeit vertieft, dass Jolie sie nicht unterbrechen wollte. Sie hatte ja auch Zeit und ein bisschen Vorbräunen vor der Toskana konnte sicherlich ebenfalls nicht schaden!

9. Kapitel

Zwei Künstlerinnen

*E*in Strich nach dem anderen bannte Isa die Gestalt ihrer Freundin auf das Blatt. Jolie lag auf der Seite, hatte den Kopf in eine Hand gestützt und ein Bein angezogen. Sie lag einfach ohne jegliche Regung vor ihr. Die Freundin schien noch nicht mal zu atmen! Erstarrt, wie die Statue einer griechischen Göttin und genauso wunderschön, ruhte sie im Grase.

Jolie hatte kein Gramm zu viel und alles saß genau dort, wo es die Lehrbücher der Anatomie vorgesehen hatten, aber Isa wusste auch, wie viel Mühe in diesem scheinbar perfekten Körper steckte.

Ein paar Tage zuvor hatte Jolie davon erzählt. Jeden Tag stundenlanger Sport, Meditationen, Yoga und ein Ernährungsplan, dass davor jeder Leistungssportler vor Neid erblassen würde. Dazu musste sie das alles ganz alleine bewerkstelligen, denn da gab es keinen Trainer, der sie zur Disziplin anhielt.

Aber Jolie hatte sowieso den stärksten Willen, den sich Isa nur vorstellen konnte. Das war wohl eine der Grundvoraussetzungen für diesen Job. Die Größe konnte man kompensieren, aber diese

Entschlossenheit und der unbändige Wille mussten von innen kommen.

Die Freundin war durch und durch Profi. Sie würde nicht mit dem Finger zucken, bevor sie es ihr erlauben würde. Diese Standhaftigkeit war es wohl auch, die Isa so sicher machte, dass Jolie unter allen Umständen ihren Plan, wie von ihr verlangt, in die Tat umsetzen würde.

Jeder Auftrag wurde auf den Punkt genau von ihr erfüllt und wenn Isa ihr jetzt sagen würde, stehe auf einem Bein, dann würde Jolie das tun, selbst wenn ein Tornado über sie hereinbrach. So in etwa hatte sie es ja auch am Vormittag im Café erzählt.

Der letzte Strich, Isa sagte: „Fertig!", und in die Skulptur kam wieder das Leben zurück.

Jolie entspannte sich, rollte zu ihr herüber und schaute sich das Bild an.

„Du bist wirklich eine ausgezeichnete Künstlerin!", erklärte die Freundin bewundernd und plötzlich kicherte Jolie wie ein Kind.

„Was ist?", fragte Isa nach.

„Ich habe mich gerade an unsere erste Aktmalerei damals im Studium erinnert", antwortete sie.

„Was war denn daran so lustig?", entgegnete Isa neugierig und versuchte sich daran zurückzuerinnern.

„Na ja, weißt du noch? Wir hatten doch Alex als Model. Die Nacht davor war ich mit ihm in der Kiste und hatte mich erst zwei Stunden zuvor mühsam von ihm losreißen können und dann kommt der in das Zimmer, zieht sich aus und setzt sich vor mich hin. Ich hatte alle Mühe, auf meinem Stuhl zu bleiben und mich nicht sofort wieder auf ihn zu stürzen!"

Isa lachte und setzte hinzu: „Da hätten wir dann eine Bewegungsstudie daraus machen müssen, aber mit Professor Mühlenbeck im Zimmer?"

„Der war immer so steif, als hätte er seine Staffelei verschluckt!", erwiderte Jolie und musste wieder lachen.

„So etwas hat seine Sekretärin auch behauptet. Vermutlich ist ihm bei ihr auch noch etwas anderes steif geworden, denn jetzt sind sie verheiratet und haben zwei Kinder!", erklärte Isa.

„Nein? Nicht der Mühlenbeck? Der alte Schwerenöter!", entgegnete Jolie und wischte sich die Lachtränen fort.

Jetzt wurde Jolie nachdenklicher.

„Was hast du?", fragte Isa nach.

„Weißt du noch? Ein paar Wochen später habe ich dort auf dem Podest vor euch gesessen!"

„Ja! Du warst nackt und wunderschön. Wie du dort mit dem Apfel in der Hand gesessen hast, als Eva, da hätte jeder den Apfel genommen!", erklärte Isa.

„An jenem Tage habe ich wirklich begriffen, dass ich nicht mit dem Pinsel in der Hand alt werden würde. Dass etwas anderes meine Berufung ist! Das modeln! Ich war nie so gut, wie du!", setzte sie fort und zeigte auf das Bild vor ihnen im Gras.

„Und dennoch wolltest du Kunst studieren?"

„Irgendwie hatte mein Vater wohl gedacht, ich hätte sein Talent geerbt! Du weißt doch? Der große Maler, den alle verehren und bewundern? Nach meinem Studienabbruch hat er kein Wort mehr mit mir gesprochen. Ich schreibe mich heimlich mit meiner Mutter über ein Postfach!"

„In dem, was du machst, bist du auch eine große Künstlerin!", erklärte Isa ihr und zeigte ebenfalls auf das Bild.

„Meine Mutter stimmt dir da sicherlich sofort vorbehaltlos zu, aber meinen Vater kannst du da nicht mehr umstimmen!"

„Ich habe dein Bild von damals noch in meiner Mappe. Ich muss das mal heraussuchen", sagte Isa und fragte: „Möchtest du das hier haben?"

Dabei nahm sie den Skizzenblock.

„Ja! Signierst du es mir?"

„Selbstverständlich", entgegnete Isa und zog den Stift.

„Für meine Freundin, Red Desire!", schrieb sie auf den unteren Rand der Zeichnung.

Jolie nahm es schmunzelnd zur Kenntnis.

„Hast du es jemals bereut, dass du von der Uni fortgegangen bist?", fragte sie und drückte ihr die Skizze in die Hand.

„Nein! Oder ein wenig, wenn ich auf meinen Vater und seine Reaktion darauf zurückblicke. Ich wünschte mir, er würde mich ein wenig verstehen. Dafür weiß ich aber, dass meine Mutter alles über mich sieht und liest. Vermutlich heimlich!", seufzte Jolie und brachte das Blatt zum Korb, um es dort zu verstauen.

Isa blickte ihr nach, wie anmutig sich Jolie über die Wiese bewegte. Es war, als wäre sie irgendwo in Paris auf einem Laufsteg. So grazil, kraftvoll und dennoch elegant bewegte sie sich nackt durch das Gras.

Dann kam sie zurück und bemerkte den Blick auf ihrer Haut. Ein paar Schritte vor ihr blieb sie stehen, nahm eine Pose ein und blickte sie an.

Für einen Moment wusste sie nicht, was Jolie ihr damit zeigen wollte. Sie stand dort, das eine Knie leicht eingeknickt, die Hände hinter dem Kopf verschränkt, während sie ihre Haare hinten festhielt und durch diese Haltung ihre wundervollen Brüste ein Stück nach oben zog.

Jolie hatte den Blick nach links unten gerichtet und wurde von der Sonne angeschienen, die in der Schicht aus Sonnencreme glänzte! Die Freundin war ein Traum von einer Frau!

Noch immer grübelte Isa, was Jolie ihr damit wohl sagen wollte. Sollte sie noch ein Bild in dieser Pose malen? Dann fiel es ihr ein. Es war dieselbe Körperhaltung, wie jene Statue der Aphrodite sie gehabt hatte, die sie damals im Museum gesehen hatten.

„Aphrodite im Bad!", erklärte Isa.

Jolie lächelte, löste die Position und kam zu ihr herüber.

„Das war auch die erste Körperhaltung, die ich damals für Tina eingenommen habe!", erklärte Jolie, während sie sich wieder zu ihr ins Gras legte.

10. Kapitel

Ruhetag am See

Nebeneinander lagen sie lang ausgetreckt auf der Wiese am Rande des Weihers. Jolie ruhte auf dem Rücken, hatte die Hände hinter dem Kopf verschränkt und schaute in den blauen Himmel hinauf.

Ein paar kleine weiße Wolken zogen langsam über ihr dahin und etwas in ihr wollte unbedingt, dass sie das Marmeladenhörnchen in sich abtrainierte, aber sie zwang sich regelrecht zur Ruhe und ließ dabei diese mahnende leise Stimme in sich verstummen.

Heute gewann einmal der innere Schweinehund, denn dieser Tag war einfach nur wunderschön und sie dachte zugleich daran zurück, wann sie das letzte Mal einfach nur gefaulenzt hatte. Das war Jahre her!

Der Wind säuselte im Schilf, die Sonne brannte auf sie herab und ein paar Vögel zwitscherten im nahen Wald.

Diese Ruhe hier war einfach traumhaft! Warum war so ein idyllischer Ort nicht völlig übervölkert in dieser Jahreszeit?

„Am Wochenende ist hier manchmal die Hölle los", flüsterte Isa von der Seite, als hätte sie gerade ihre Gedanken gelesen.

„Bist du oft hier?", erkundigte sie sich bei Isa.

„Ich habe in diesem Teich hier schwimmen gelernt. Das Haus meiner Oma war nur ein paar hundert Meter entfernt hinter dem Wäldchen."

„Dieselbe Oma, die dir damals den Stift in die Hand gedrückt hatte?", fragte Jolie zurück, die sich gerade wieder an die Geschichte von damals erinnerte.

„Ja. Sie hatte gesagt, ich hätte ein großes Talent!"

„Und sie hat damit recht gehabt!", erwiderte Jolie und drehte ihr Gesicht der neben ihr auf der Seite liegenden Freundin zu.

„Ich denke gerade daran, dass sie einmal auch gesagt hat: Einen hübschen Mann hast du niemals ganz für dich alleine!"

„Deine Großmutter hatte sicher mit vielen Aussagen den Nagel auf den Kopf getroffen, aber ich denke mal, nicht in diesem Punkt. Es gehören da immer mindestens zwei dazu, dass so etwas passieren kann", entgegnete Jolie ihr.

„Oder drei!", stöhnte Isa und legte sich ebenfalls auf den Rücken zurück.

„Ich habe mal so eine Dokumentration im Fernsehen geschaut, da ging es um eine Versicherung. Die haben auch eine Weiterbildung gemacht, aber da war nicht wirklich was von Bildung dabei gewesen!"; seufzte Isa neben ihr.

Jetzt war wohl wieder so ein Moment, wo sie die Freundin auffangen und etwas aufbauen musste.

„Das mag vielleicht früher mal so gewesen sein, aber die Zeiten haben sich, Gott sei Dank, schon lange geändert!", erläuterte Jolie ihrer Freundin.

„Aber dieses Hotel? Du hast doch die Bilder gesehen! Das hat nichts mit Schulung und Weiterbildung zu tun!", antwortete Isa hörbar besorgt.

„Hör mal, Schätzchen, du musst nicht alles zu schwarz sehen!", erwiderte Jolie und setzte hinzu: „Mitunter ist das eine Art von Belobigung für gute Arbeit. Da wird dann einfach auf den Zettel etwas von Schulung draufgeschrieben und dann kann das die Firma deines Freundes von der Steuer absetzen. Das Essen geht dann auch auf den Staat!"

„Und die Bordellbesuche fallen unter Bewirtung?", antwortete Isa.

Jetzt seufzte Jolie laut auf.

„Und ich habe auch einen Bericht gesehen, dass es unter den Models viel Gewalt, Missbrauch und Nötigung geben soll!", begann Isa jetzt zu erzählen.

„Früher möglicherweise! Mir ist so etwas nicht passiert. Die Zeiten der alten, dicken Männer, der Besetzungscouch und von Sex gegen Jobs sind lange vorbei. Heutzutage werden die Agenturen von ehemaligen Models geleitet. Die

Modelabels haben junge Designer und man geht fast freundschaftlich miteinander um. Natürlich gibt es da auch mal einen Zickenkrieg, aber das gehört einfach dazu, wenn viele Frauen auf einem Haufen sind!", erklärte Jolie.

„Erzähle mal wieder was davon. Das lenkt mich von meinen Sorgen ab", erwiderte Isa und drehte ihr jetzt das Gesicht zu.

„Nach meinem Sitzen damals vor euch habe ich noch eine Weile gebraucht, um zu verstehen, was ich wirklich wollte. Irgendwann hat eine glückliche Fügung mich zu einem ehemaligen Model gebracht und sie hatte ein paar gute Kontakte. Durch sie habe ich danach auch eine Agentur gefunden, die sich nicht mit meiner Körper- oder Körbchengröße befasst hat, sondern mein Potenzial erkannt hatte. Ich erhielt meinen ersten Auftrag und ich war gut darin. Zumindest sagten das meine Auftraggeber und dann kam eines zum anderen."

„Und Tina?"

„Das war noch so ein Glücksfall. Wir hatten ein Unterwäscheshooting in Island! Im tiefsten Winter!"

„Nicht dein ernst?"

„Doch! Ich habe gefroren, wie ein Schneider. Am Abend hat mich Tina dann in der Unterkunft am Kamin gewärmt und so sind wir uns näher gekommen!", erzählte sie weiter und hatte erneut diesen wundervollen Tag vor den Augen.

„Am ersten Abend ist es wirklich nur beim Kuscheln und sich gegenseitig wärmen geblieben. Es hat eine Weile gedauert, bis ich mich getraut habe, zu meinen Gefühlen zu stehen!", erzählte sie.

„Wie ist Tina so?", fragte Isa.

„Privat oder im Job?", erkundigte sich Jolie.

„Beides!"

„Im Job ist sie der absolute Vollprofi! Sie ist eine Meisterin mit der Kamera! Jeder Schuss sitzt! Mitunter macht sie ein Foto einfach so aus der Bewegung und man kann erst hinterher begreifen, was sie damit bezweckt hatte. Du könntest sie für ein paar Minuten in die Wüste schicken und sie käme mit einem brillanten Foto zurück. Dabei ist sie knallhart und bestimmend im Job. Privat ist sie das ganze Gegenteil: zärtlich, liebevoll, sich einfach hemmungslos fallen lassend, einfach göttlich!", schwärmte Jolie.

„Du bewunderst sie sehr. Oder?"

„Nicht nur das. Ich liebe sie. Sie ist der Fels in der Brandung für mich. Und sie passt auch auf mich auf. Wir passen gegenseitig aufeinander auf!"

„So ähnlich geht es mir mit Thomas!", entgegnete Isa ihr.

„Ich habe ein Auge auf ihn und bringe ihn zu dir zurück!", erklärte Jolie und streichelte mit den Fingerspitzen Isas Wange.

„Ich danke dir!", antwortete die Freundin und blieb einfach liegen.

Einen Monat zuvor hatte sie noch die Dusche abgeschlossen und jetzt lag sie einfach nackt neben ihr.

„Du siehst, ich falle nicht über dich her, obwohl du momentan zum Anbeißen süß bist!", erklärte sie und lächelte Isa an.

Isa zuckte kurz zusammen, bevor sie sich wieder entspannte und ebenfalls lächelte.

Offensichtlich hatte sie die Situation bisher verdrängt, aber jetzt hatte sie das ehemalige Zutrauen wiedergefunden.

„Ich vertraue dir. Kannst du mich noch mal eincremen?", fragte Isa und hielt ihr die Tube mit der Sonnencreme hin.

„Wenn du das dann auch bei mir machst, gern!", entgegnete Jolie schmunzelnd.

„Hinten! Vorn mache ich es mir selbst!", antwortete Isa und räusperte sich, als sie die Doppeldeutigkeit ihrer Worte begriffen hatte.

„So, wie ich auch", antwortete Jolie und beide mussten sie herzhaft darüber lachen.

Es war wieder diese Leichtigkeit von früher und es war auch so ein schöner Tag der Ruhe an einem malerischen Teich.

11. Kapitel

Auftrag für eine Göttin

Isa saß in ihrem als Atelier genutzten Arbeitszimmer und hatte ihre alte Zeichenmappe auf den Knien. Es hatte eine Weile gedauert, bis sie diese Mappe wiedergefunden hatte und soeben breitete sie ihre Zeichnungen vor sich aus.

Auf dem Boden zu ihren Füßen bildeten sie Blatt für Blatt einen Halbkreis. Ein gutes Dutzend davon zeigten Jolie. Drei Porträts, einige Bewegungsstudien und auch zwei Akte waren darunter.

Jolie hatte ihr ziemlich oft Model gestanden. Offenbar war damals das Präsentieren vor anderen für die Freundin Berufung geworden und so etwas hatte sie ihr ja auch am Tage zuvor erzählt.

Die zwei Aktzeichnungen waren jene, auf die Jolie am Seeufer hingewiesen hatte. Das eine Bild zeigte sie sitzend als Eva und das andere in der Pose der Göttin Aphrodite, wie sie damals auch als Marmorskulptur im Museum gestanden hatte.

Isa nahm dieses zweite Aktbild zur Hand und betrachtete ihre Freundin jetzt genauer. Bereits vor Jahren hatte sie vorgehabt, daraus ein Gemälde zu machen und gegenwärtig wollte sie diese Absicht endlich zum Abschluss bringen.

Sie räumte alle anderen Zeichnungen zurück, stellte ein leeres Bild auf die Staffelei und begann sorgsam Jolies Konturen mit Kohle auf die Leinwand zu übertragen.

Nach den Umrissen begann sie die Skizze aus dem Gedächtnis vom Treffen am Tage zuvor zu vervollständigen.

Akribisch komplettierte sie das Gesicht der Freundin und trat dann zwei Schritte zurück.

Da lag wirklich etwas Göttliches in dieser Gestalt. Es schien, als wäre Aphrodite wiedergeboren.

Jolie war Aphrodite!

Und wie ein Blitz traf sie erneut die Erkenntnis, dass es ein vollkommen verrückter Einfall gewesen war.

Die schönste Frau, die sie kannte, sollte Thomas den Kopf verdrehen.

Jolie war die Versuchung pur und sie hatte die Freundin auf ihren Freund gehetzt, um seine Treue zu testen.

Isa hätte sich selbst dafür ohrfeigen können!

Sie blickte zu ihrem Handy. Noch war die Freundin sicherlich nicht im Hotel angekommen und mit einem Anruf hätte sie deren Mission jetzt noch stoppen können, doch sie ließ es.

Warum eigentlich?

Nachdenklich betrachtete sie erneut das Bild.

Jeder Mann würde für eine Nacht mit Jolie barfuß die Hölle durchquert! Andererseits war aber auch klar, dass Thomas ihr auf immer treu sein würde, wenn er Jolies Reizen widerstand.

Wenn!

Und was, wenn nicht?

Sie hatte Jolie ja gesagt, dass sie Thomas abschießen würde, wenn die Freundin Erfolg hätte, doch dann würde sie diese Wohnung unmöglich halten können!

Irgendwie wünschte sie sich, dass Jolie versagte!

Isa mischte ihre Farben und begann das Gemälde. Eigentlich war es verrückt: Sie hatte einer Göttin einen Auftrag gegeben und hoffte dennoch inständig, dass sie scheitern würde.

Erneut machte sie sich an ihr Werk.

Nach dem Gesicht kam der Körper hinzu. Jolie war mit den Jahren attraktiver geworden, wie ein Blick auf die alte Zeichnung ihr verriet.

Rundlicher und fraulicher, obwohl sie gertenschlank war. Wie schaffte das die Freundin nur?

Nach ein paar Stunden hatte Isa das Bild so weit vervollständigt, dass nur noch einige Feinheiten und der Hintergrund fehlten.

Abermals trat sie zwei Schritte zurück, verschränkte die Arme vor der Brust und begutachtete das Gemälde.

Jolie war wirklich eine Göttin und sie?

Mit einem Blick zur Seite schaute sie in den großen Spiegel in ihrem Arbeitszimmer. Sie hatte einen alten ausgebeulten Kittel an, die Haare waren hinten mit einem Pinsel zusammengesteckt und sie hatte Farbe auf der Nase!

Sah sie eigentlich immer so aus?

Mitunter begrüßte sie Thomas am Abend in dieser Arbeitskleidung und gerade wäre sie schreiend vor sich selbst davongelaufen.

Jetzt schob sie ihr Gemälde so, dass sie dieses Bild und sich selbst gleichzeitig im Spiegel sehen konnte. Damit sah sie den Unterschied nur noch viel deutlicher.

Die Göttin und das Aschenputtel!

„Was habe ich nur getan!", stöhnte sie auf.

Jeder Mann, der sich zwischen diesen beiden Frauen entscheiden müsste, würde sicher nicht das Aschenputtel wählen!

Sie zog den Kittel aus und warf ihn über den Stuhl. Der Rest der Kleidung folgte, sie wischte sich den Farbstrich von der Nase, öffnete ihr Haar und stellte sich in genau dieselbe Position, die Jolie dort eingenommen hatte.

Zwei nackte Frauen, aber noch immer lagen Welten zwischen ihnen beiden.

Aber war das nicht normal, wenn man sich mit einer Göttin verglich?

Jede Frau würde daran scheitern!

Ausnahmslos!

Seufzend akzeptierte sie, dass sie eben nicht vollkommen war. Und wenn Thomas sie wirklich liebte, dann würde er nicht auf Jolies Verlockungen anspringen!

Isa warf sich den Kittel über den nackten Leib und überlegte jetzt, wie sie den Hintergrund des Bildes gestalten konnte.

Vielleicht sollte sie es so darstellen, dass Aphrodite gerade einer Quelle in einem Wald entstieg? Der kleine Teich am See fiel ihr wieder ein. Davon musste es noch viele Skizzen geben, die da passen konnten.

Gleichzeitig fiel ihr ein, dass sie das Bild unbedingt fertig haben musste, bevor Thomas wieder zurückkam. Sollte er es auf der Staffelei sehen, so würde er wissen, dass sie die Freundin hinter ihm hergeschickt hatte.

Später konnte sie ja immer noch sagen, dass sie sich nach dem Studium getrennt hatten und jetzt erst wieder aufeinander getroffen waren.

Sinngemäß stimmte das ja auch.

Die Umrisse des Hintergrundes waren schnell mit Zeichenkohle auf die Leinwand gebracht.

Nach ein paar kleineren Korrekturen war Isa zufrieden, als das Handy sie daran erinnerte, dass sie Ramona an diesem Tage bei der Spätschicht helfen musste.

Sie verdeckte das Bild mit einem Tuch und rannte unter die Dusche. Im warmen Strahl der Brause stehend dachte sie wieder an diesen Vergleich mit Jolie.

Es kam nicht auf das Äußere an. Die inneren Werte zählten auch und Thomas liebe sie. Aber mit seinem Verhalten in der letzten Zeit hatte er sie zweifeln lassen.

Konnte sie ihm vertrauen? War die Liebe noch da? Oder schaffte es Jolie, ihn herumzukriegen?

Männer waren mitunter ziemlich einfach gestrickt, aber traf dies auch auf Thomas zu? Das blieb noch offen, bis Jolie ihr darauf die Antwort gab!

Immer noch mit sich und ihrer Entscheidung hadernd, aber nicht mehr ganz so viel, trat sie im Bad vor den Spiegel.

Abermals betrachtete sie sich, doch jetzt stand nicht das Gemälde neben ihr. Ohne den direkten Vergleich war sie schön! Und sie hoffte, dass auch Thomas das sehen würde.

Allerdings musste sie sich jetzt wirklich beeilen, um nicht zu spät zu ihrer Freundin zu kommen.

Der Auftrag für Jolie, die fleischgewordene Göttin der Liebe, der Schönheit und der sinnlichen Begierde, war erteilt und wenn Thomas widerstand, dann war alles gut.

Doch was, wenn nicht?

12. Kapitel

Ein Schloss am Meer

Die Embraer E 195 war schon eine Weile in der Luft und brachte Jolie, zusammen mit fast hundert anderen Menschen, zur italienischen Stadt mit dem markant schiefen Turm.

Sie saß vorn in der dritten Reihe, Business-Class, am Fenster und schaute auf das Meer hinaus, das da unten vor ihr, noch ziemlich weit entfernt, gerade einmal so zu erspähen war.

Damit neigte sich wohl die erste Etappe der Reise ihrem Ende zu, obwohl es ja eigentlich bereits der zweite Teil war.

In Frankfurt war sie umgestiegen, vom Zug in diesen silbernen Vogel hier.

„Möchten sie noch etwas?", fragte eine der Stewardessen sie.

„Danke, gern", entgegnete sie und hielt ihr das Glas noch einmal hin.

Lächelnd füllte die Frau es ihr auf und ging zur nächsten Reihe. Weiter hinten würde es jetzt sicher nichts mehr geben.

Die fünf ersten Reihen waren etwas privilegierter, zahlten dafür aber auch deutlich mehr.

Hier vorn war so richtig viel Platz. Nur zehn Sitze von den zwanzig möglichen waren besetzt, hinten vermutlich jeder, denn der Sommer in der Toskana lockte die Touristen dorthin.

Jolie kostete von diesem hervorragenden Champagner, schaute in die Weite des blauen Himmels mit den kleinen weißen Wölkchen neben sich und dachte an den vergangenen Tag zurück.

Da hatte sie neben Isa am Teich im Grase gelegen, zu diesen Wolken aufgesehen und es war einfach nur herrlich gewesen, so richtig ungezwungen und frei zu sein und einfach keine Rolle spielen zu müssen.

In ein paar Stunden würde sie in eine Maske schlüpfen müssen. Sie würde das arrogante und unnahbare Topmodel mimen, damit die Verehrer von ihr Abstand hielten und sie Thomas ungehindert überwachen konnte.

Gedankenverloren strich sie sich durch ihr Haar, nippte an ihrem köstlichen Getränk und legte sich alles zusammen, was sie dafür brauchen würde.

Ein anderer Fluggast wurde offenbar auf sie aufmerksam. Ein älterer Herr mit Brille und grauen Haaren kam näher und setzte sich auf den Platz neben ihr.

„Schöne Frau, fliegen sie auch in die Toskana?", flötete er sie an.

So dumm war sie noch nie angemacht worden! Das schrie eigentlich nach der Antwort: „Nein! Ich schwimme dorthin!"

Es war der perfekte Moment, um die erdachte Rolle zu testen. Die Freundlichkeit fiel augenblicklich von ihr ab, sie musterte den Mann neben sich und schaltete um. Kühl, arrogant und distanziert kanzelte sie ihn mit ein paar Worten ab und er schlich mit eingezogenem Schwanz zur nächsten Frau.

Die Probe hatte perfekt funktioniert!

Das Anschnallschild leuchtete auf, die Stewardess holte das Glas und der Flieger ging in den Landeanflug.

Unten angekommen würde das Taxi sicherlich noch mal mehr wie eine Stunde brauchen, bis es den Ort an der Küste erreicht haben würde. Oder sollte sie sich einen Mietwagen nehmen?

Irgendetwas Nobles?

Mit Stern oder Pferd vorn auf der Karosserie?

Ein wirklich gutes und erfolgreiches Topmodel würde einen Wagen mit einem Dreizack auf dem Kühler wählen.

Nicht ein Pferd auf der Motorhaube, sondern 350 darunter!

Der wäre dann in etwa auch genauso schnell, wie dieser Silbervogel hier. Zumindest dann, wenn sie ihn ausfahren konnte, aber bei solch einem Nobelgeschoss kam es ja darauf an, dass man langsam fuhr!

Die Embraer setzte auf und rollte langsam aus, hinten klatschten die Touristen, Jolie nickte der Flugbegleiterin wohlwollend zu.

Jetzt war sie das international gebuchte Topmodel auf einem Urlaubstrip! Sie ließ zuerst die anderen Passagiere aussteigen und lehnte sich gelassen in ihrem Sitz zurück.

Die Frage der Stewardess, ob sie ein Autogramm bekommen konnte, zeigte ihr abermals, dass die angenommene Rolle stimmte.

Lächelnd zog Jolie eine der Karten aus der winzigen Handtasche, unterschrieb und drückte diese der vor Freude strahlenden jungen Frau in die Hand. Huldvoll nickte sie, verließ das Flugzeug und schob sich die teure Sonnenbrille auf die Nase.

Jeder Handgriff passte jetzt!

Lässig schlenderte sie zum Kofferband, winkte einen Pagen zu sich und zeigte auf ihr Gepäckstück, welches der Laufbursche danach direkt vor ihr vom Band zog.

In Frankfurt hatte sie den Rollkoffer noch selbst aus der Gepäckablage des ICE gewuchtet, aber ein Topmodel ließ tragen!

Gefolgt von dem Diener schlenderte sie zum Stand der Autovermietung hinüber und fühlte gerade alle Augen auf sich. Das Stück Teppich war jetzt ihr Laufsteg!

Gespielt aber deutlich auffallend unbefangen auf den Tresen gestützt zog sie die Brille ein Stück zur Seite, blickte den Angestellten an und äußerte ihren Wunsch. Der Mann strahlte, ob des guten Geschäftes und ein kurzer Schmerz zuckte ihr durch den Leib, als er ihre Kreditkarte durch den Automaten zog. Das Loch im Geldbeutel war ein Stück größer geworden.

Dafür war das silberne Cabriolet danach einfach nur ein Traum. Um das wieder irgendwie auszugleichen, musste sie dann demnächst ein paar Jobs annehmen, aber das war dann später!

Zeit genug würde sie ja dafür auf alle Fälle haben, während Tina ihren Studenten was über Fotoapparate erzählte.

Das Verdeck war unten, sie fuhr besonders langsam auf der Straße und das nicht nur, damit ihr der große Hut nicht vom Kopf geweht werden würde und dabei die Frisur ruinierte.

Sie hatte Zeit und genoss die Fahrt.

Momentan war es noch Urlaub!

Ein paar hundert Kilometer nördlich von hier hatte sie erst im Jahr zuvor mit Tina ein wundervolles Shooting gehabt und gerade sehnte sie sich so sehr nach ihrer Partnerin. Aber zuvor kam die Pflicht!

350 laut dröhnende Pferdchen zogen sie in Richtung Südwesten, dem Mittelmeer entgegen.

Anderthalb Stunden später sah sie die Wellen und das Azurblau des Meeres vor sich. Das war dann der Moment, das Pedal noch weiter loszulassen und fast im Schritttempo die letzte Strecke bis zum Hotel zu rollen.

Das Navi lotste sie direkt am Ufer entlang bis zur Einfahrt in das luxuriöse Resort.

Die Bilder in der Anzeige hatten gelogen, es war noch viel schöner hier!

Offensichtlich hatte man diesen prächtigen ehemaligen Herrensitz im Jahr zuvor aufwendig umgebaut.

Jolie verschlug es fast den Atem bei all der Pracht, aber das Topmodel in ihr zeigte keinerlei Regung, wie ihr der Rückspiegel glaubhaft versicherte!

Das war ein richtiges Schloss am Meer!

Mit all dem, was auch eine Königin gern gehabt hätte: Mit livrierten Dienstpersonal, einem exklusiven Park davor und einer antik wirkenden Säulenhalle als Einfahrt.

Sie hielt, einige Diener eilten zu ihr und sie warf einem davon lässig die Wagenschlüssel zu.

Gelassen und fast gelangweilt schlenderte sie zur Rezeption.

Der Prunk setzte sich im Innenraum fort. Die Lobby war mit Marmor verkleidet, und zwar dem Guten, aus Carrara!

13. Kapitel

Die Last der Verantwortung

So hatte sich Tina das wirklich nicht vorgestellt. Der Betrieb an dieser Akademie der Kunst war wahrhaft mörderisch! Draußen konnte sie jeden Job der Welt haben und war gut in dem, was sie dort tat, aber in diesem altehrwürdigen Gebäude war sie hingegen nur ein wirklich kleines Licht.

Seit mehr als einem Monat machte sie sich dafür krumm, irgendwie in die Riege der Professoren zu passen, in die sie ja durch die Berufung bereits aufgenommen worden war.

Allerdings war das wahrlich sehr viel schwerer, als sie es sich gedacht hatte.

Da bekam man einen schmunzelnden Grizzlybären einfacher vor die Kamera, als einem dieser alten Männer ein Lächeln zu entlocken.

Es war zum Haare raufen!

Sollte sie es aufgeben? Oder war da noch Hoffnung darauf, dass es mit der Zeit besser wurde?

Schließlich war sie ja noch die Neue, das Küken, obwohl sie schon lange eine gestandene Frau war. Aber hier zählte das nicht! Oder eben nur bei ihren Studenten und Studentinnen, denn die jungen Leute liebten sie für ihre Offenheit.

Zumindest hatte das Simone, eine ihrer besten Schülerinnen, kurz vor dem Mittag zu ihr gesagt. Sie bezweifelte, dass sie es nur bemerkt hatte, um sich bei ihr einzuschleimen, denn Simone hatte großes Talent mit der Kamera.

Doch ging es eigentlich nicht darum, den jungen Zuhörern etwas zu vermitteln? Sie wollte nicht den Professoren gefallen, sondern etwas Dauerhaftes bewirken.

Und das ging nur, wenn sie in ihren Schülern dieses Feuer entflammte, das sie selbst einst in sich gefunden hatte.

Zum sechsten Geburtstag hatte sie von der Mutter die erste Kamera geschenkt bekommen und danach war sie nie wieder vom Sucher fortgekommen.

Und sie war seitdem auch nie weiter als eine Armlänge von der nächsten Kamera entfernt gewesen.

Mit ihrer geliebten Spiegelreflexkamera, die zwar schon etwas in die Jahre gekommen war, in der Hand, betrat sie die Aula, hängte sich den Riemen des Fotoapparates über die Schulter und trat zur Essensausgabe hinüber.

An diesem Nachmittag hätte sie das erste Mal seit Wochen frei und konnte dann das Gebäude verlassen, um mal wieder ein paar Fotos so zu machen, wie sie das für sich ersehnte: Menschen und Situationen wollte sie für die Ewigkeit aufnehmen.

Ein paar Meter von ihr entfernt fotografierte eine der Studentinnen gerade ihr Mittagessen mit dem Handy. Früher hätte man das vielleicht als Stillleben gemalt und ins Museum gehangen, aber die Frau würde es jetzt mit der ganzen Welt teilen.

Das war auch was für die Ewigkeit, würde aber sicherlich im Gewirr der Belanglosigkeiten untergehen. Es war keine ihrer Schülerinnen, sondern eine aus einer anderen Fakultät und somit unterließ sie es, ihr etwas über gute Fotoapparate, Belichtungszeiten und Kontraste zu erklären.

Ein Teller mit Nudeln stellte keine Ansprüche und die Betrachter dieses Bildes sicherlich auch nicht.

Tina nahm ihr Mittagsmahl in Empfang und drehte sich zum Saal um. Am linken Rand winkte Simone, die sie mit dieser Geste an ihren Tisch bat, rechts saßen die Professoren und blickten nur stur vor sich auf ihren Teller.

Sie war nie in diesem Studienbetrieb gewesen. Alles, was sie konnte, hatte sie sich selbst beigebracht.

Nach kurzem Zögern ignorierte sie die alten Männer und ging zu Simone hinüber. Die junge Frau lächelte sie an, als sie sich zu ihr setzte und rutschte sogar ein Stück zur Seite, um ihr mehr Platz zu lassen.

Tina blickte zur anderen Seite und seufzte, denn da würde sie nie dazu gehören.

Simone war ihrem Blick gefolgt und flüsterte ihr ins Ohr: „Mein Lieblingsschriftsteller, Hugo von Hofmannsthal, hat mal folgendes gesagt: Eine schwere Zeit ist wie ein dunkles Tor. Trittst du hindurch, trittst du gestärkt hervor."

„Wohl wahr. Lass es dir schmecken", entgegnete Tina und begann ihr Mahl.

Es war also sogar ihrer Studentin bereits aufgefallen, dass die anderen Dozenten sie regelrecht schnitten. Irgendwann, wenn sie es durchhielt, würde sie eventuell nicht mehr die Neue sein.

„Hast du heute Nachmittag auch frei?", fragte Tina die neben ihr sitzende Frau.

Simone nickte und zog ihren Nachtisch zu sich.

„Ich würde dich gern fotografieren."

„Es wird mir eine Ehre sein!", entgegnete Simone und leckte den Löffel sauber.

„Bleib so!", sagte Tina schnell, zog die Kamera und bannte das Foto auf den Chip.

„Ich bin lieber hinter der Kamera, als davor", erklärte Simone und betrachtete das Bild auf dem Display. „Ich bin nicht wirklich fotogen", seufzte sie danach und setzte hinzu: „Bei den Familienfeiern stehe ich immer hinter dem Fotoapparat. Ich konnte Bilder von mir noch nie leiden. Entweder habe ich die Augen zu, ich gucke doof oder die Haltung ist falsch. Nie war auch nur ein einziges Bild dabei, welches mir wirklich gefallen hat!"

„Dann bist du von den falschen Leuten fotografiert worden. Ein guter Fotograf passt den richtigen Moment ab, um das Bild zu machen! Ich habe mal vier Stunden gewartet, bis ich eine Aufnahme von einer Landschaft endlich im Kasten hatte, weil mir das Licht vorher nicht gefiel!"

„Also müsste ich mich nur von einem Profi ablichten lassen und es wäre ein tolles Foto?", erkundigte sich Simone, sichtbar zweifelnd.

„Schau her. Was siehst du?", erwiderte Tina und zeigte noch einmal das Bild, das sie gerade eben von Simone aufgenommen hatte.

„Die Haarsträhne ist verrutscht, ich lecke an meinem Löffel und irgendwie ist mein Kopf schief. Oder?"

„Du bist natürlich schön! Die Strähne hat genau den richtigen Winkel zu deinem Kopf, das Licht ist perfekt und der Schattenwurf deiner Nase ideal. Und diese Geste, mit der du fast kindlich den Löffel abschleckst, die ist einfach nur göttlich", antwortete Tina.

Jetzt schaute Simone noch einmal hin und nickte.

„Wenn gestellte Aufnahmen so wirken sollen, dann brauchst du viel Zeit und ein professionelles Model, wie meine Partnerin Jolie, dass das so natürlich wirkt!", erzählte Tina und hängte sich die Kamera wieder um.

Zu zweit brachten sie die Teller zurück und machten sich danach auf den Weg.

Es würde eine Art von Privatunterricht werden und Tina freute sich schon auf die Bilder, die sie von Simone machen würde.

Eine Stunde später waren sie an einem kleinen Teich und Tinas Kamera trat in Aktion. Sie erklärte Simone, wie sie zu stehen hatte und machte dann die Bilder, die sie anschließend der jetzt schon zu einer Freundin gewordenen Studentin erklärte.

Das war es, was sie machen wollte. Und hier konnte sie Simone einen Teil von dem beibringen, was sie selbst gelernt hatte.

Mit der Zeit wurde Simone selbstsicherer und hatte dann auch nichts dagegen, sich nackt vor der Linse zu präsentieren.

Simone war wirklich großartig und nach den Aufnahmen bedankte sie sich mit einem Kuss.

14. Kapitel

Miss Marple auf der Spur!

*A*n der Seite eines Pagen schlenderte Jolie auf ihr Zimmer, gab ihm danach einen großen Schein und warf anschließend fluchend ihre Highheels in die Ecke, bevor sie hinterhereilte und sie sorgfältig inspizierte.

Zum Glück war den luxuriösen Dingern nichts passiert, denn sie waren sauteuer, neu und daher noch nicht eingelaufen. Das machte die Schuhe momentan noch extrem unbequem, allerdings waren sie handgefertigt von einem italienischen Könner.

Tina hatte ihr einst erklärt, dass das Schuhwerk am meisten über einen Menschen verriet. Demzufolge hatte der Concierge auch zuerst nach ihren extravaganten Schuhen geschaut, bevor er sie angelächelt hatte.

Heidi war fünf Zentimeter größer als sie, aber mit diesen Schuhen war Jolie gleich groß. Zumindest dann, wenn die andere Frau in Flip-Flops ging. Heidi konnte das und würde dennoch sofort wie eine Königin behandelt werden, sie selbst musste ihrem Glück da etwas nachhelfen.

Barfuß betrat sie den Balkon und blickte auf das Mittelmeer hinab. Dieser Ausblick war märchenhaft schön! Unter ihr befand sich der Pool, den es eigentlich nicht bedurft hätte, denn die weite blaue See war keinen Steinwurf entfernt. Eine Treppe führte zu einem Strand, der wohl zum Hotel gehörte.

Abschätzend ließ sie ihren Blick über das Hotelgelände gleiten, um sich die örtlichen Gegebenheiten einzuprägen. Sie prüfte und speicherte alle Positionen, an denen man sich aufhalten konnte und dabei den besten Blick auf alle anderen haben würde.

Die Geheimagentin in ihr hatte jetzt die Führung übernommen.

An einer Stelle neben dem Schwimmbecken ging das Überwachen ihrer Zielperson wohl am besten und dort würde sie dann mit einem Buch Position beziehen.

Miss Marple war auf der Spur!

Der wundervolle und tiefblaue Pool lud zum Schwimmen ein und am liebsten wäre Jolie da einfach vom Balkon aus hineingesprungen, aber die beiden anderen Personen in ihr lehnten das soeben vehement ab: Das Topmodel wollte sich die Frisur nicht ruinieren und die Geheimagentin musste den Überblick behalten!

Es war schon schwierig, da nicht schizophren zu werden!

Seufzend beugte sie sich ihrer Aufgabe, ging ins Zimmer zurück und bemerkte dabei, dass eines der Zimmermädchen wohl in der Zwischenzeit den Inhalt des Koffers in den Schrank geräumt hatte.

Das Buch lag auf dem Nachtschränkchen für sie bereit. Es war eine todlangweilige Abhandlung über italienische Mode, aber sie passte perfekt zu ihrer gewählten Rolle!

Ganz das sorglose Topmodel landete das Kleid irgendwo und sie zog sich den Bikini an, darüber kam ein luxuriöses Strandkleid mit Stola und passendem Hut. Sonnenbrille und Buch vervollständigten das extravagante Outfit.

Zum Glück brauchte sie dazu nicht die anderen Schuhe, sondern konnte ihre Füße schonen und ein paar exklusive Sandalen anziehen.

Auf dem Tisch, neben den Blumen und dem gut gefüllten Obstkorb, lag die Speisekarte des Hotels. Die exklusiven Fünf-Gänge-Menüs waren im Preis des Zimmers enthalten und der Koch war vermutlich Franzose.

Warum fuhr man eigentlich nach Italien, wenn man französisch essen wollte? Das erschloss sich ihr irgendwie nicht.

Jolie hätte einen leichten mediterranen Salat bevorzugt, wie ihn hier sicherlich jede Pizzeria anbot, das Topmodel würde allerdings die Schnecken wählen!

Tina liebte diese kleinen überbackenen Kriecher, sie selbst hätte gern etwas anderes gewählt, allerdings würde das Menü sie dann wenigstens an die ferne Partnerin erinnern und damit hatte das dann auch wieder etwas Gutes!

Nach außen hin gelangweilt schlenderte das Topmodel durch das Gebäude, die Geheimagentin registrierte jede Einzelheit und Jolie musste einfach zwangsläufig mit.

Der Pool war wirklich ein Traum, aber Miss Marple zerrte sie unbarmherzig davon fort.

Mit dem Buch platzierte sie sich im Liegestuhl, ein Kellner kam zu ihr und brachte wenig später den leckeren Cocktail.

Über den Rand des Buches hinweg sondierte sie die Lage um sich herum.

Zumindest hatte Thomas die Wahrheit gesagt, denn die Weiterbildung gab es wirklich. Das sagte jedenfalls ein Schild aus, das an einem der Tagungsräume hing. Was selbstverständlich nicht hieß, dass die Männer den Raum auch benutzten.

Die tobten gerade ziemlich ausgelassen im Pool umher, waren durchgängig nicht viel älter als dreißig und eine ziemliche Augenweide. Die alte Jolie von damals, aus der Zeit ihres Studiums, hätte hier sicherlich ihre helle Freude gehabt und vermutlich nicht eine Nacht im eigenen Bett geschlafen, aber die neue Jolie lockte viel mehr der erfrischende Pool.

Doch das Wasser musste warten, denn momentan hatte die Agentin Thomas fest im Blick. Er spielte mit den anderen Männern Wasserball und ließ die zweifellos schönen Damen am Rande des Beckens unbeachtet in Ruhe.

Jolie erinnerte sich jetzt wieder an all das, was ihr Isa jemals über ihn erzählt hatte. Er sah blendend aus, bewegte sich kraftvoll und war sichtlich gut trainiert. Die Würfe waren präzise und seine Schwimmzüge rasch, geübt und genau. Dass die Freundin solch einen Mann nicht aus ihren Fängen lassen wollte, war nur zu verständlich.

Der Service in diesem Hotel war ausgezeichnet, ein Fingerzeig auf den Sonnenschirm und Bruchteiles eines Augenblickes später war dieser über ihr und aufgespannt. Sie erhob das leere Glas und hatte nach Sekunden ein neues in der Hand.

Das Topmodel war zufrieden, aber noch immer haderte Jolie mit ihrem Schicksal, denn sie hätte so gern mitgespielt!

Vor dem Abend musste sie unbedingt noch etwas Sport machen oder sich nach dem Einbruch der Dämmerung zum Pool schleichen. Da schlief das Topmodel in ihr hoffentlich schon den Schönheitsschlaf!

Weiterhin beobachtete sie jede Bewegung von Thomas. Jeder Blick, jeder Fingerzeig wurde aufmerksam registriert, aber entweder hatte der sich vollständig im Griff, oder dieser Aufenthalt war wirklich harmlos und Isa machte sich ganz unnötig Sorgen.

Der Abend würde zeigen, wie es weiterging und danach konnte sie den ersten Anruf an ihre Auftraggeberin absetzen. Das würde Isa hoffentlich etwas mehr beruhigen.

Die Geheimagentin in ihr fasste jetzt den Blick etwas weiter und beobachtete damit auch die anderen Männer. Die flirteten mitunter sehr ungeniert mit den Damen vom Beckenrand und ihr Muskelspiel war nicht mit den Bewegungen synchron. Offensichtlich pumpten und plusterten sie sich zu auffällig vor ihren Bewunderinnen auf.

Pfauenmänner auf der Balz! Bereit, sofort die nächstbeste Henne zu bespringen!

Mit der leichten Beute im Blick beachteten sie das unnahbar wirkende Topmodel nicht. Die Rolle passte immer noch perfekt!

Einen nach dem anderen checkte die Agentin ab. Sicherlich waren einige davon liiert oder verheiratet, was sie allerdings nicht vom ungenierten Flirten abhielt.

Thomas hingegen bewegte sich auch weiterhin völlig normal. Entweder war er ein extrem guter Schauspieler, oder wirklich nur für die erweiterte Weiterbildung hier.

Sie gönnte ihm die Erholung unter der südlichen Sonne und auf einen Fingerzeig hin füllte sich ihr Glas erneut mit diesem köstlichen Getränk.

Allerdings würde sie jetzt auf die Bremse treten müssen, denn der darin befindliche Rum stieg ihr schon ein wenig in den Kopf. Bis zum Abend-essen würde das der letzte bleiben!

Sie vertiefte sich ziemlich auffällig in ihre Lektüre, ohne dabei wirklich etwas von dem Text zu verstehen, denn das Buch war ja nur Tarnung, aber die Bilder darin waren schön.

Einige davon hatte Tina aufgenommen, wie das Verzeichnis am Ende der Publikation ihr ge-rade eben erzählt hatte.

Und wieder sehnte sie sich nach der fernen Geliebten.

Die Beobachtungsaufgabe war jetzt allerdings wichtiger und lenkte sie vom aufkeimenden Kummer ab.

15. Kapitel

Schnecken am Abend

*D*er Nachmittag am Pool war langweilig gewesen, Isa hatte ihren Beruhigungsanruf bekommen und gerade hüllte sich Jolie in ihre exklusive Ausgehrobe.

Aufbrezeln für Fortgeschrittene sozusagen!

Inklusive Make-up und Frisur.

Jeder Handgriff saß dabei, dank der jahrelangen Übung.

Schließlich warf sie noch einen letzten sehnsuchtsvollen Blick vom Balkon aus auf die rote Sonne, die in wenigen Minuten den Horizont berühren würde!

Jolie wäre jetzt lieber ins Meer gestiegen, aber die Agentin musste ihren Kontrollauftrag erfüllen!

So gern wäre sie in der Abenddämmerung geschwommen! Es war ein ziemlicher Jammer um diese versäumte Gelegenheit!

Seufzend wandte sie sich der Tür zu.

Der Abend würde bestimmt lang, denn nach dem Essen würden sich die Männer sicherlich der gut bestückten Bar des Hotels zuwenden und der dabei eventuell konsumierte Alkohol machte Thomas dann möglicherweise weniger vorsichtig.

Die drei Daiquiri des Nachmittags sausten noch irgendwo in ihr herum und daher würde sie an diesem Abend vorsichtshalber nur noch etwas Alkoholfreies zu sich nehmen können. Mal von dem leckeren Wein abgesehen, den es sicherlich zum Menü gab.

Wenn alles nach Plan lief, dann konnte sie unter Umständen danach dennoch in der Nacht noch in den Pool steigen. Unbeobachtet sozusagen, obwohl hier wohl kein Schritt eines Gastes wirklich unbemerkte erfolgte.

Sie verließ ihr Zimmer, schlenderte zum Speisesaal hinab und wurde zu ihrem Tisch geleitet. Die Geheimagentin in ihr jubelte, denn von diesem Platz aus hatte sie den ganzen Raum im Blick. Die romantische Frau in ihr hätte allerdings lieber auf das Meer gesehen, doch das lag dummerweise hinter ihr.

Das Menü begann und die Männer erschienen mit dem ersten Gang. Eigentlich zu spät, aber das Personal schaute da einfach lächelnd drüber hinweg.

Unpünktlichkeit konnte Jolie noch nie leiden und da waren sich alle drei Existenzen in ihr diesmal ausnahmsweise einig!

Die kalte Vorspeise, das Hors d'oeuvre froid, kam und war ein Gedicht. Die Portion war klein genug, um noch Platz für den Rest des Menüs zu lassen, aber sie hatte ja sowieso bereits beschlossen, nach den Caragols aufzuhören.

Drei Gänge würden auch genügen! Diese Vorspeise, die Schnecken als Hauptgang und danach das Sorbet aus geeistem Champagner.

Nobel ging die Welt zugrunde!

Während sie auf ihren Hauptgang wartete, beobachtete sie die anderen Schnecken hier im Raum. Es war eindeutig zu sehen, dass die gerade auf Beutezug waren. Eventuell waren es reiche Töchter auf der Suche nach dem großen Glück oder nach dem nächsten Lover!

Während am Nachmittag noch die Männer gebalzt hatten, machten das jetzt offenbar die Frauen!

Das Paarungsverhalten geschlechtsreifer Menschen war mitunter schon putzig!

Einige der jungen Frauen waren ziemlich süß, aber das Make-up war nicht wirklich von Profihand aufgetragen worden. Es verschleierte nicht wirklich ihr junges Alter, sondern es verkleisterte nur die gefälligen Gesichtszüge! Hätten sie mal lieber eines der Zimmermädchen darum gebeten, dann hätte das sicherlich besser ausgesehen.

Weniger war oft mehr!

Am Rotwein nippend dachte Jolie an ihre Studienzeit zurück. Sie hatte sich damals nicht oft geschminkt. Anderes war wichtiger gewesen. Es war ihr um den Spaß gegangen, aber vermutlich hatte auch sie damals auf andere so gewirkt, wie diese Frauen jetzt auf sie wirkten.

Es war noch keine fünf Jahre her! Irgendwie hatte Tinas Einfluss sie wohl verändert.

Mit etwas weniger Kleister im Gesicht hätten die Mädels sicherlich mehr Glück bei den Männern, aber das würden sie auch noch lernen.

Wobei die Männer ja bereits angebissen hatten und auch ohne Schminke an der Angel hingen. Es ging nur noch um die Verteilung von Männchen und Weibchen!

Daher würden die Frauen sicherlich auch in der Bar sein und der steigende Alkoholpegel würde die Männer dann auch noch davon überzeugen, dass sie wirkliche Schönheiten vor sich hätten.

Der nächste Morgen sorgte dann sicherlich für ein ziemliches Erschrecken, wenn der Kater ging und das Kätzchen mit verwischtem Make-up samt falscher Wimpern im Bett blieb!

Aber den Hormonen wäre das eventuell egal!

Ihr Hauptgang kam und war ebenfalls ein Gedicht. Die überbackenen Schnecken schmeckten bis aufs i-Tüpfelchen so, wie jene in Paris, die Tina so geliebt hatte. Entweder waren der Koch hier und der in Paris beim selben Lehrmeister gewesen, oder es handelte sich sogar um denselben Küchenchef.

Die wundervolle Erinnerung an Tage der Liebe sauste mit jedem Bissen durch ihren Leib. Und damit auch die Sehnsucht nach der fernen Partnerin.

Mit dem letzten Stück Baguette nahm sie die delikate Soße auf, winkte den Kellner zu sich und sagte in Französisch zu ihm: „Mein Kompliment an den Küchenchef. Das Essen war köstlich. Ich lasse die nächsten beiden Gänge aus und warte dann auf das Dessert!"

Der Mann lächelte, machte eine Verbeugung und entfernte sich mit dem benutzten Geschirr.

Jetzt hatte Jolie Zeit, die Gäste weiter und ungestört zu beobachten.

Die Männer redeten miteinander, lachten und genossen den Fisch, der als Nächstes kam. Irgendein Zimmermädchen würde sich heute Abend sicherlich über ihre Portion Wolfsbarsch freuen, die sie ja nicht hatte essen wollen.

Die anwesenden Damen konzentrierten sich hingegen kaum auf das sicherlich ausgezeichnete Gericht, sondern hatten auch weiterhin die Herren im Blick.

Zehn Männer und zehn Frauen, das Verhältnis wäre ausgeglichen, aber eine der jungen Frauen sah nur sporadisch zu den Herren und dafür viel mehr zu ihr herüber.

Offenbar taxierte das Mädchen sie, denn sie war wohl noch viel mehr Mädchen, als Frau. Sicherlich war sie noch nicht lange siebzehn! Die Kleine war ausgesprochen süß und eine Sünde wert, aber noch viel zu jung!

Augenscheinlich ein Fan oder eine Frau, die ebenso Model werden wollte.

Jolie versuchte sie nicht direkt anzusehen und dennoch im Blick zu behalten. Sie war sehr hübsch, auch wenn das Make-up wahrlich nicht zu ihr passte. Die blonde Mähne fiel in wundervollen Korkenzierlöckchen bis auf ihre Schultern herab.

Ein wahrlicher Leckerbissen!

Ihre Kleidung war elegant, aber die Schuhe stammten definitiv aus einer Handelskette und waren gewiss keine fünfzig Euro wert.

Entweder hatte sie sehr lange auf diesen Urlaub gespart, oder das Geld zum Geburtstag geschenkt bekommen.

Nach dem geeisten Champagnersorbet, das ebenfalls einfach göttlich gewesen war, kam sie beinahe schüchtern auf Jolie zu.

„Madame, kann ich bitte ein Autogramm von ihnen haben?", fragte sie in Französisch mit auffallend deutschem Akzent.

Entweder stammte sie aus dem Elsass, oder wohnte in Deutschland und um der jungen Frau die Illusion nicht zu zerstören, antwortete Jolie im besten Französisch: „Selbstverständlich gern, Mademoiselle. Möchten sie auch noch ein Selfie?"

Aufgeregt nickte die Bewunderin, brachte sich in Position und wenig später waren das Autogramm geschrieben und das Foto gemacht.

„Ich habe sie in dieser Haarwäschewerbung gesehen! Danke schön!", entfuhr es ihr aufgeregt, bevor sie strahlend aus dem Raum schwebte.

Sie hatte den Fang des Tages gemacht, die anderen neun Raubschnecken waren noch auf der Jagd.

Die Erwähnung des Werbespots zeigte ihr, dass die junge Frau wirklich aus Deutschland stammte, denn der war nur dort im Fernsehen gelaufen. Der Job vor einem Jahr hatte ihr in etwa das als Gage eingebracht, was der momentan sinnlos in der Garage des Hotels stehende Sportflitzer ihr in dieser Woche als Miete kosten würde.

Seufzend erhob sie sich und schloss sich den anderen Gästen an, die sich angenehm unterhaltend zur Bar hinüberwechselten, wobei sich die Geschlechter auffällig unauffällig durchmischten.

Die Räuberschnecken hatten Witterung aufgenommen! Und ihre Beute war nicht abgeneigt, sich auf dieses Abenteuer einzulassen!

Etwas später saß Jolie am Ende der Bar, nippte an einem köstlichen Cherry und hatte alles im Raum fest im Blick.

Männer und Frauen hatten sich auch platzmäßig durchmischt. Neun Frauen, zehn Männer, Thomas war der einzige, der keine an seiner Seite hatte und den das offenbar auch nicht störte.

Er trank langsam und entsorgte einen Teil der Getränke, die ihm seine Freunde oft ausgaben, im

Kübel eines bedauernswerten Gummibaumes, der das Pech hatte, neben ihm zu stehen.

Als dann die ersten Frauen nach und nach kichernd an der Hand ihrer Kavaliere den Raum verließen, behielt sie auch weiterhin ihr Zielobjekt am anderen Ende des Raumes fest im Blick.

Irgendwann ging dann auch Thomas, alleine, und sie schloss sich ihm unauffällig an.

Er schlenderte auf sein Hotelzimmer, das ihrem genau gegenüber lag.

Jolie betrat ihren Raum, holte ihren Bikini aus dem Schrank und zog ihn an.

Gegenwärtig war es an der Zeit, etwas Sport zu machen, damit sie die magische 60 kg Grenze nicht zu groß überschritt.

Das Wasser im Pool war angenehm warm und sie zog ihre Runden.

Irgendwie fühlte sie sich dabei zwar beobachtet, aber das war hier wohl normal. Wenn sie den Arm hob, dann würde vermutlich jemand vom Personal aus einem Gebüsch springen und sie nach ihrem Wunsch befragen.

Mit kräftigen Armzügen durchpflügte sie das Wasser, während in einem Zimmer über ihr irgendwo eine der jungen Frauen wohl gerade ziemlich lautstark ihre Unschuld verlor. Oder den Verstand!

Möglicherweise auch beides gleichzeitig! Und Gott wollte sie nach ihrer sehr lauten Ansage jetzt auch noch besuchen!

16. Kapitel

Ein Tag an Meer und Pool

Der Wecker in ihrem Handy meldete sich wie immer um halb sechs Uhr in der Frühe und holte sie damit aus einem Schlaf, den sie erst etwa vier Stunden zuvor begonnen hatte. Das piepsende Ding nahm keine Rücksicht darauf, dass sie ja eigentlich Urlaub hatte, aber sie war es gewohnt.

Jolie war ausgeschlafen und fühlte sich topfit. Die nächtlichen Runden im Pool waren schön gewesen. Unter dem Dach von tausenden silbernen Sternen war sie die letzten Bahnen viel langsamer geschwommen und hatte es einfach nur genossen.

Jetzt begann der neue Tag, Jolie sprang aus dem Bett, warf das Nachthemd zur Seite und nahm sich ihre Laufsachen. Die waren nichts Besonderes, aber extrem praktisch.

Das Topmodel wurde bei der Kleiderwahl überstimmt, die Agentin schlief noch und Jolie schlich sich aus dem Zimmer.

Noch war Ruhe im Hause und nur ein paar Zimmermädchen lehnten im Treppenhaus an der Wand und unterhielten sich leise. Sie waren wohl ziemlich überrascht, dass jemand von den Gästen schon so früh hier auftauchte.

Sie lief vorbei, nickte ihnen dabei freundlich zu und ihr Lächeln ließ sie den Schreck schnell wieder vergessen.

An der Rezeption meldete sie sich zum Laufen ab und betrat die oberste Stufe der Treppe in dem Moment, in welchem hinter dem Hotelgebäude gerade die Sonne aufging.

Eine wundervolle Morgendämmerung tauchte den Strand vor ihr in ein noch schöneres rosa, aber Jolie hatte dafür nur kurz einen Blick.

Sie setzte sich die Kopfhörer auf, schaltete die Musik im Handy an und rannte los. Der Soundtrack lief genau 90 Minuten und das war ihre tägliche Joggingrunde.

Nach der Hälfte davon gab es dann einen lauten Ton, damit sie den Rückweg antreten konnte.

Während rund um sie herum der Tag erwachte, lief Jolie am Strand entlang, das war zwar landschaftlich sehr schön, aber außerordentlich beschwerlich!

Schwitzend und schnaufend, wegen der Anstrengung, jagte sie dahin, aber das Rennen im mitunter lockeren Sand war ziemlich mühsam, wobei sie doch eigentlich fit war.

Mit dem letzten Ton der Musik war sie schließlich wieder an der Treppe zurück und blickte auf ihr Handy. War es schon zu spät, um eventuell noch ein Stück im Meer zu schwimmen?

Die Uhr im Display des Mobiltelefons verkündete ihr, dass es das Frühstück erst in etwas mehr wie einer Stunde geben würde!

Die Aussicht auf die Dünung des Ligurischen Meeres war viel zu schön, als dass sie dieses Angebot jetzt noch ausschlagen konnte!

Jolie ging ein Stück am Strand entlang zurück, bis sie zu einer kleinen Bucht kam, die sie jetzt schon zweimal umlaufen hatte, dort warf sie die Kleidung ab und rannte nackt in die Brandung.

Das Meer war sehr kalt und es verschlug ihr fast den Atem, als sie die an Land brandenden Wellen durchbrach und in die schaumige See eintauchte.

Nach dem anstrengenden Lauf und so, wie sie zuvor dabei geschwitzt hatte, war es wohl nicht die tollste Idee gewesen, ohne Vorbereitung in das Mittelmeer zu springen, doch dann konnte sie der Brandung entgehen und mit kräftigen Armzügen durch das Wasser gleiten.

Jetzt war es angenehm und wirklich entspannend, doch wenig später fiel ihr ein, dass sie ja auch noch Isa über den Stand der Ermittlungen informieren musste.

Missmutig wendete Jolie und schwamm langsam zum Strand zurück.

In der anderen Richtung war die Brandung nicht so stark und spülte sie fast bis zu ihren am Ufer abgelegten Sachen.

Nackt in Sand sitzend ließ sie sich von der Sonne trocknen und informierte dabei Isa darüber, dass sie keinen Grund zur Besorgnis haben brauchte.

Das Telefonat war kurz, dann warf sie sich die Kleidung wieder über und sauste auf ihr Hotelzimmer.

Duschen, Haare und Make-up waren pünktlich fertig und sie war die Erste im Speisesaal.

Während der Kellner ihr ein leichtes Frühstück brachte, konnte sie die anderen Gäste beobachten. Die Frauen trugen luftige Sommerkleider, die Männer kamen in hochgeschlossenen Anzügen mit Schlips und gestärkten Hemden.

Man hätte sie echt dafür bedauern können!

Sehnsuchtsvoll blickte sie hingegen auf deren Teller, denn bei ihrem Essen hatte sich leider das Topmodel durchgesetzt: Es gab einen beinahe fettfreien Joghurt und etwas Obst!

Die Croissants sahen lecker aus, die Marmelade roch verführerisch, aber das Model weigerte sich, dies auch nur zu probieren!

Jolie und die Geheimagentin in ihr konnten sich nur beim Kaffee mit Sahne und Zucker gegen sie durchsetzen.

Beim nächsten Urlaub blieb dieses zickige und nervige Topmodel dann hoffentlich zu Hause! Die ruinierte ja jede Erholung!

Nach dem Essen übernahm die Spionin wieder die Oberhoheit und positionierte sich so, dass sie abermals alles am Pool und um diesen herum im Blick haben konnte.

Die Männer verschwanden im Tagungssaal und sie hörte durch die offenen Fenster, dass da wohl gerade wirklich eine Schulung stattfand. Es ging um Zahlen, Zinsen und andere ziemlich trockene Themen der Finanzbranche.

Offenbar wollte man entweder den Anschein einer Fortbildung wahren, oder es war wirklich so.

Die jungen Damen nutzten jetzt ausgiebig den Pool. Kichernd und sich wie kleine Kinder jagend, plantschten sie durch das warme Wasser. Soeben waren sie unter sich und fühlten sich unbeobachtet.

Nach etwas mehr wie drei Stunden endete die Schulung, die Männer erschienen kurz darauf vollzählig am Pool und die Frauen bezogen die um das Becken stehenden Liegestühle.

Ein neues Wasserballspiel setzte ein, wobei einige der Männer abermals ziemlich heftig mit den Frauen flirteten, die vermutlich in der Nacht auch die Betten mit ihnen geteilt hatten, aber Thomas machte einfach nur Sport.

Innerlich schüttelte Jolie den Kopf. So ein Idiot! Isa hätte hier sein müssen, nicht sie. Hätte Thomas seine Freundin gefragt, ob sie mit ihm hier in diesem fürstlichen Resort Urlaub machen wollte, so hätte die bestimmt nicht Nein gesagt!

Unauffällig schob sich die junge Frau vom Abend zuvor in ihre Nähe und es war ihr deutlich anzusehen, dass sie vor Neugier brannte. Sie wollte sicherlich nicht noch ein Autogramm. Ein erneutes Bild vermutlich schon eher! Oder ein paar nützliche Tipps?

Durch das Buch verdeckt taxierte Jolie sie.

Ohne das ganze Make-up war sie ziemlich hübsch, hatte die richtige Größe und bewegte sich auch gut. Der von dem modischen Bikini nur knapp bedeckte Körper war gut in Form. Sie war nicht zu dick und nicht zu dünn, genau richtig!

Mit ein bisschen Übung konnte sie es eventuell weit bringen! Wenn sie es denn wollte!

Immer näher schob sie sich und somit klappte Jolie dann auch das schützende Buch zu und legte es demonstrativ zur Seite.

Das war wohl für die junge Frau das Startsignal zum Angriff und mit offenbar allem Mut trat sie zu ihr.

„Madame, ich bin eine große Bewunderin ihrer Arbeit!", begann sie erneut auf Französisch.

Da Jolie einen französischen Nachnamen hatte, war die Frau wohl der Meinung, dass sie aus Frankreich stammte. Dem war zwar im gewissen Sinne auch so, aber es waren weit zurückliegende Vorfahren, die als Hugenotten einst aus Frankreich hatten fliehen müssen.

Jolie lächelte und entgegnete jetzt in Deutsch: „Ich danke dir. Willst du dich nicht ein wenig zu mir setzen?" Dabei zeigte sie auf den Liegestuhl neben sich.

Mit einem katzenhaften Sprung saß die Frau sofort neben ihr und lächelte sie an.

Sie war wirklich süß und wenn sie nur ein paar Jahre älter gewesen wäre, dann wäre sie ihr sicherlich nicht entwicht, obwohl sie ja mit Tina glücklich war.

Aber für einen Flirt und ein bisschen unverbindlichen Spaß war Jolie dennoch gern zu haben!

17. Kapitel

Ein Grund zum Feiern!

*D*ie Nachrichten aus dem Süden waren wundervoll. Nach Jolies Aussage machte sich Thomas nichts aus den anderen Frauen und Isa hätte vor lauter Fröhlichkeit darüber gerade die ganze Welt umarmen können.

Oder war es noch zu früh zur Freude? Noch hatte Jolie nur aus der Entfernung beobachtet, jetzt würde sie bestimmt in Aktion treten.

Das Bild der Freundin nahm auch immer mehr Gestalt an. Es fehlten nur noch ein paar Pinselstriche, bis Aphrodite der Quelle entstieg.

Und wieder unterbrach der Piepton des Handys ihre kreative Phase, aber sie musste Ramona aushelfen.

Wenige Augenblicke später machte sie sich auf den Weg zu dem kleinen Bistro, wo sie dann an diesem Tag den Nachmittag verbringen würde.

Als sie dort eintraf, saß Tina mit einer jungen Frau als einzige Gäste vor dem Café. Sie unterhielten sich angeregt über Fotos und für einen Augenblick lauschte Isa dem Gespräch, dann wechselte sie mit Ramona die Schicht.

Nachdem die Freundin aufgebrochen war, setzte sie sich einfach zu Tina.

Es war ein wunderschöner Sommertag und die anderen sonst hier sitzenden Besucher waren sicherlich in irgendeinem Freibad.

Tina erklärte gerade etwas zu ihrer Arbeit und Isa dachte daran, wie es einst bei ihr im Studium gewesen war. Auch damals war es um Bilder gegangen, aber das hier war mehr technisch, als künstlerisch, obwohl auch Tinas Fotos in dem Buch auf dem Tisch große Kunst waren.

Sie dachte wieder an ihren alten Professor zurück, der zwar stocksteif und verknöchert gewesen war, aber von dessen Ratschlägen sie auch jetzt noch profitierte. Er war ein wirklich guter Maler und auch jetzt noch, Jahre später, war sie ihm immer noch dafür dankbar, dass sie bei ihm das Handwerk hatte erlernen können.

Tina machte das offenbar ähnlich, denn die Schülerin, die Simone hieß, klebte mit ihrer Aufmerksamkeit regelrecht an jedem Wort der erfahrenen Fotografin.

Irgendwann musste Simone dann gehen und Tina blieb bei Isa zurück. Jetzt unterhielten sie sich und dabei erzählte Isa, dass sie Jolies Gemälde fast fertig hatte.

„Das will ich unbedingt sehen!", entgegnete Tina und da die Schicht gerade zu Ende ging, machten sie sich kurz darauf auf den Weg zu ihrer Wohnung.

Dort angekommen betrachtete Tina zuerst die anderen Bilder, die Isa in der ganzen Wohnung aufgehängt hatte.

Mit einem Glas Wein spazierten sie durch die Räume und es war wie eine Art von privater Vernissage für sie zwei.

Sie erzählte und Tina schaute sich dabei die Gemälde an.

Schließlich waren sie im Atelier angekommen und Isa zog das schützende Tuch fort.

Tina trat einen Schritt zurück und betrachtete das Werk sehr aufmerksam. Sie kannte ihre Partnerin ja gut und jetzt wollte Isa wissen, ob sie die Freundin auch wirklich getroffen hatte.

Tina nickte und erklärte: „Sie sieht aus, wie eine griechische Göttin. Das hat mich an ihr schon damals fasziniert. Das Bildnis ist perfekt!"

„Ja. Sie ist attraktiv und wirklich engelsgleich. Und nicht nur auf dem Bild!", entgegnete Isa.

„Du bist ebenfalls entzückend!", erklärte Tina und stellte das Glas auf dem Fensterbrett ab. „Wenn ich von dir ein Foto in dieser Position machen würde, dann würdest du es ebenfalls erkennen!", setzte Tina fort.

„Wirklich?", antwortete sie ihr ungläubig.

„Ohne Zweifel!", erwiderte Tina und zog die Kamera nach vorn.

Isa blickte grübelnd zu ihr hinüber. Sagte Tina gerade die Wahrheit? Oder wollte diese sie nur umschmeicheln?

Hatte sie nicht bereits zuvor diesen direkten Vergleich gescheut? Was hatte Tina damit vor?

„Wenn du mich so fotografieren willst, dann müsste ich mich aber vor dir nackig machen!", bemerkte Isa nach einem Moment.

„Hast du etwa Angst vor mir? Es passiert nichts, was du nicht möchtest!", entgegnete Tina ihr daraufhin mehr als salomonisch.

Jener Abend, damals in der kleinen Pension mit Jolie, fiel ihr wieder ein und wie sie danach auf die Erinnerung daran reagiert hatte, als sie erfuhr, dass Jolie auf Frauen stand.

Noch einen weiteren Augenblick zögerte sie, aber was konnte ihr schon passieren? Eigentlich nichts. Ein Stopp von ihr würde hoffentlich genügen!

Aber wenn sie wissen wollte, ob Tina mit ihrer Aussage wirklich recht hatte, dann musste sie dafür etwas riskieren!

„Wo möchtest du das Foto machen?", erkundigte sie sich schließlich.

„Vielleicht wäre es in deinem Schlafzimmer am besten. Wenn du dich an das Bett lehnst und jene Pose einnimmst", erwiderte Tina und zeigte auf das Gemälde.

Isa nickte und wandte sich zur Tür. Sie ging und wusste, dass Tina ihr folgen würde.

Unterwegs stellte sie ihr Weinglas auf dem Tisch ab, betrat das Schlafzimmer und zog sich eilig aus, wobei sie dabei mit dem Rücken zur Tür stand, um Tina nicht zu viel von ihrer Vorderseite zu zeigen, doch das war ja der Sinn des Fotos.

Irgendwann würde sie sich umdrehen müssen und so locker sein, dass sie sich in dieselbe Position wie Aphrodite bringen konnte.

Einen letzten Atemzug zögerte sie noch, dann drehte sie sich um und versuchte, diese Haltung einzunehmen.

Aber bei all dem, was auch immer sie versuchte, gelang es ihr nicht. Sie stand stocksteif nackt vor Tina und die nahm noch nicht einmal die Kamera hoch.

Es war augenfällig, dass dieses Foto niemals gelingen konnte.

„Ich kann das einfach nicht", seufzte Isa und griff sich ihren Slip vom Bett, um sich wieder anzuziehen.

„Doch! Du kannst das. Du musst nur locker werden", erklärte Tina, legte die Kamera zur Seite und trat auf sie zu.

Wollte Tina sie jetzt in diese Position schieben?

„Vertraust du mir?", fragte Tina.

Sie standen jetzt auf nicht einmal Armlänge voreinander.

„Ja", entgegnete Isa.

Tina hob den Arm, streifte mit den Fingerspitzen Isas Hals und sie wollte schon davor zurückzucken, doch sie blieb.

„Weißt du, Isa, auf jenem Gemälde strahlt Jolie diese Sinnlichkeit und Erotik aus und du hast diese gut eingefangen. Damit das Foto ähnlich wird, musst du ebenfalls in diese Stimmung kommen! Schließe deine Augen und stelle dir solch einen Moment vor! Was hast du da gefühlt, wie war es?“, erklärte Tina leise.

Isa schloss weisungsgemäß ihre Augen und dachte an Thomas zurück.

„Spüre in deine eigene Sinnlichkeit hinein“, flüsterte Tina.

Isa bemerkte, wie zärtliche Berührungen ihre Haut streiften. Waren es die von Thomas aus ihrer Erinnerung? Oder war es Tina, die sie gerade so intensiv streichelte?

Sanft glitten Finger über sie und es dauerte einen Moment, bis sie verdrängt hatte, dass es vermutlich Tina war!

Immer intensiver dachte sie an Thomas, bis sie mit einer Gänsehaut darauf reagierte. Kontinuierlich wurden die Liebkosungen stärker, oder lag es daran, dass ihre Haut einfach viel empfindlicher wurde?

Etwas in ihr wollte noch immer zurückweichen, doch sie gab sich dem Gefühl hin. Es war soeben Thomas, der sie so oft genau in dieser Art verwöhnt und gestreichelt hatte.

Ihr Herzschlag wurde schneller und die Atmung passte sich dem rasenden Puls an.

Schließlich wurden ihre Knie weich und sie musste sich daher mit immer noch geschlossenen Augen auf die Bettkante zurücksetzen.

Die daraufhin noch intimer werdenden Zärtlichkeiten fuhren ihr durch den Leib und infolgedessen waren da wieder dieses Verlangen und diese grenzenlose Gier in ihr.

Glücksschauer durcheilten sie, ließen sie stöhnend zittern und dann kam es ihr mit Macht.

„Und jetzt stellst du dich hin und wir machen das Bild!", hauchte Tina ihr ins Ohr, nachdem diese ekstatischen Wellen abgeklungen waren.

Mit noch immer zitternden Beinen stemmte sie sich vom Bett hoch, brachte sich in die gewünschte Position und Tina betätigte den Auslöser.

Noch schnaufend betrachtete Isa danach das Foto auf dem Display des Apparates. Es strahlte eine solche Erotik aus, dass alles andere davor verblasste.

„Das ist so was von großartig", hauchte Isa.

Tina nickte ihr zu und küsste sie.

So hatte sich Isa noch nie selbst gesehen und auch das war ein Grund zum Feiern, denn wenn Thomas sie jedes Mal nach dem Sex so sah, dann würde er sie nie gegen eine andere Frau eintauschen.

18. Kapitel

Ringlein, du musst wandern!

Die junge Frau hatte sich ihr mit Olivia vorgestellt, war vor einem Monat siebzehn geworden und sprudelte geradezu vor Begeisterung über. Jolie war gar nicht bewusst gewesen, wie bekannt sie doch durch diese Haarwäsche geworden war!

Ein einziger Werbespott, bei dem sie sich für ein paar Sekunden in ihre fuchsrote Mähe gegriffen hatte, war wohl erfolgreicher gewesen, als sie es selbst bisher vermutet hatte.

Gerade lehnte sie gelassen im Stuhl und hörte geschmeichelt zu, während die Geheimagentin in ihr auch weiterhin Thomas ständig mit einem Auge fest im Blick hatte.

Das Topmodel begann gerade aus dem Nähkästchen der Modebranche zu plaudern und Olivia überschlug sich fast vor Freude, als sie die Bilder von den Laufstegen der Modewelt sah, von den Topmodels, den After-Show-Partys und all dem, was da noch so Drum und Dran war.

Innerlich seufzte Jolie dabei aber. Da machte man sich jahrelang krumm, hetzte herum und wurde unaufhörlich von einer Show zur nächsten gejagt, und dann waren es nur zehn Sekunden, die den Erfolg ausmachten!

Mit diesem Treffen am Pool und den Geschichten hatte sich für Olivia der mit dem Geburtstagsgeld teuer bezahlte Urlaub in diesem Hotel jedenfalls schon gelohnt.

„Wenn du möchtest, dann kann ich dir ja noch ein bisschen was beibringen, solange ich noch hier bin", erklärte Jolie letztendlich wohlwollend.

Olivia fiel ihr daraufhin vor grenzenlosem Entzücken um den Hals.

Doch jetzt gab die Geheimagentin Signal! Thomas stieg aus dem Becken und trocknete sich ab.

„Oha!", fuhr es Jolie durch den Kopf und der Auftrag fiel ihr wieder ein.

„Können wir heute Abend darüber reden? Vor dem Abendessen? Ich habe nämlich jetzt noch etwas vor?", fragte Jolie.

Olivia nickte und bedankte sich für das Angebot, dann ging sie zurück zu ihren Freundinnen, um denen die Geschichten zu erzählen. Die anderen Frauen hatten allerdings ihre Aufmerksamkeit bei dem Treiben im Pool. Testosteron zog im Moment mehr, als Modelstorys. Zumindest bei allen anderen Frauen!

Jolie verließ ihren Beobachtungsplatz und folgte Thomas. Der verschwand in seinem Zimmer und kam nur ein paar Minuten später in einem gut sitzenden T-Shirt und Jeans wieder heraus.

In dieser Anzugsordnung würde er sicherlich in das nahe Dorf gehen und sie musste hinterher!

Gehetzt lief Jolie in ihr Zimmer, zog sich ein ärmelloses Top und Hotpants an, schnappte sich die Sonnenbrille sowie das Handy, steckte sich etwas Geld in die Hosentasche und war nach nicht viel mehr als dreißig Sekunden fertig.

Auf dem Weg nach unten verknotete sie sich die Haare hinten und näherte sich unauffällig der Rezeption.

Thomas bestellte sich gerade ein Taxi! Dann ging er und sie trat an den Tresen heran.

Der Mann an der Rezeption zog die Augenbrauen hoch, denn ihr Aufzug war wohl anders, als er es erwartet hatte.

„Ich will mal inkognito so ein bisschen die Gegend erkunden", log sie.

Er lächelte breit und zog eine Karte hervor. Während Thomas auf das Taxi wartete, erklärte der Mann ihr, wo sich die besten Plätze und Restaurants befanden.

„Können sie mir noch ein Fahrrad leihen?", fragte sie zum Schluss und schob sich die Brille auf die Nase.

„Wir haben auch eine Vespa! Wenn sie mögen?", entgegnete er.

Jolie nickte und er rief: „Luigi!"

Er schob ihr noch die Papiere und den Schlüssen zu und Jolie ging an der Seite eines Pagen zu einem Seiteneingang, an dem der blitzende und blickende Roller in feuerwehrrot stand.

Er war ein absoluter Traum!

Eine liebevoll gepflegte und uralte Vespa 50 Elestart, die Jahrzehnte älter war, als sie selbst!

In den Zeiten als Teenager hatte sie für diese italienischen Motorroller geschwärmt, aber sie hatte damals das alte klapprige Moped ihres Großvaters fahren müssen, das an manchen Tagen gar nicht erst ansprang.

Luigi erklärte ihr die Gänge, Kupplung und Bremsen, gab ihr einen Helm und Jolie startete die Maschine.

Vorn traf das Taxi ein und Jolie schwang sich im selben Moment auf den Sitz ihres brummenden Gefährtes. Das war einfach ein so geiles Gefühl, nur der Helm schmälerte etwas den zu erwartenden Spaß.

Es wäre schöner gewesen, den Fahrtwind einfach durch das offene Haar gleiten zu lassen, aber die Vernunft ließ den Kopfschutz auf.

Das Taxi mit Thomas darin rollte los und die Vespa hatte keine Mühe, dem Fahrzeug zu folgen.

Jetzt war sie gespannt, wohin Thomas auf dem Weg war. Traf er sich mit der Frau, für die der Ring bestimmt war? Oder war der Ausflug nur ganz harmlos?

Zumindest würde er sie in dieser Verkleidung wohl nicht erkennen. Sie erkannte sich ja selbst kaum im Rückspiegel!

Langsam näherte sich das Taxi einem Dorf, gemächlich tuckerte die Vespa hinterher.

Die Fahrt war wirklich ein Gedicht und während die Storys Olivia begeistert hatten, fühlte sich Jolie durch dieses Rollen einfach nur überglücklich.

So konnte ein Urlaub in Italien sein! Heiße Sonne auf der nackten Haut, Fahrtwind im Gesicht und ein brummender Motorroller zwischen den Beinen!

Herrlich!

Die Vibrationen von Motor und Straße gingen ihr durch den ganzen Leib und es war einfach nur saugeil!

Das Taxi hielt schließlich in der Nähe des Jachthafens.

Wenn Thomas die Frau auf einem Boot traf, dann musste sie sich etwas überlegen, um an ihm dranzubleiben!

Jolie fuhr an ihm vorbei, stellte den Roller ab und schlenderte zurück. An einer Ecke blieb sie stehen und beobachtete Thomas durch ihren Schminkspiegel.

Er schien auf jemanden zu warten!

Schritt für Schritt schob sie sich langsam und schlendernd näher an ihn heran.

Als sie nur noch vier Meter von ihm entfernt war und schon wenden wollte, kam eine junge Frau eilig auf ihr zugestürmt.

Die war offensichtlich noch nicht mal sechzehn!

Thomas empfing sie mit offenen Armen und sie fiel ihm freudig um den Hals. Der folgende Kuss war mehr freundschaftlich und die beiden gingen danach Händchen haltend die Promenade hinab. Die Agentin zwang sie, den beiden zu folgen, doch da konnte nichts passieren!

Das da war eindeutig nur Freundschaft und nichts sonst, aber vielleicht gingen die zwei zur Mutter der jungen Frau!

Mehr als eine Stunde schlenderten die beiden daraufhin durch die Gegend, unterhielten sich leise, fütterten Enten, machten Pause an einem Imbiss und ließen sich dort von einer Möwe das Brötchen klauen.

Alles extrem harmlos!

Kein Grund zur Sorge für Isa!

Als Thomas nach einem Taxi rief, wollte sie schon nach der Vespa eilen, als sie bemerkte, dass er etwas aus seiner Tasche zog. Der Beschreibung von Isa nach entsprach das da genau der Schachtel mit dem Ring.

Der jungen Frau würde er sicherlich passen!

Also doch seine Geliebte?

Thomas übergab ihr die geschlossene Schachtel, sie klappte diese auf und fiel ihm erneut um den Hals. Danach verabschiedeten sie sich, Thomas stieg ein und fuhr davon.

Die junge Frau winkte ihm noch lange zu und Jolie zweifelte erneut.

Das war nie im Leben die klassische Übergabe eines dermaßen teuren Brillantringes! Selbst der größte Tölpel würde das anders machen!

Noch immer stand die Frau dort und schaute in das offene Kästchen.

Jolie schlenderte vorbei und warf einen Blick darauf. Der sah wirklich echt aus, aber war er es auch?

Das hier war zwar Italien, wo man gelegentlich auf dem Parkplatz mal so eben ein paar tausend Euro im neutralen Briefumschlag übergab, aber einen Ring für zweitausend Euro überreichte man nicht einfach so!

Niemals! Nicht mal hier!

Die junge Frau steckte den Ring ein und schlenderte davon.

Wenig später folgte ihr eine langsam dahin zuckelnde Vespa.

19. Kapitel

Die Qual der Gedanken

*N*och nie in der Geschichte des Dörf-chens war wohl eine Vespa derart lang-sam durch die Gassen gerollt, wie an diesem Tage. Jolie war gerade wieder im Hotel angekommen, hatte den Schlüssel des Rollers an der Rezeption übergeben und während sie die Treppe nach oben stieg, dachte sie an diesen Nachmittag zurück.

Die junge Frau war zu einer Pizzeria gegangen, wo sie auch als Kellnerin gearbeitet hatte.

Jolie hatte sich an einen der Tische gesetzt und von ihr bedienen lassen.

Francesca, wie die junge Frau nach dem Schild an ihrem Hemd hieß, trug sogar bei der Arbeit diesen Ring und so konnten sie in einem kurzen Moment darauf ins Gespräch kommen.

Vor Freude strahlend hatte sie erzählt, dass es ein Erbstück war und sie ihn von ihrem Onkel bekommen hatte.

Beim Verlassen des Restaurants hatte Jolie den Namen des Lokals auf einem Schild gelesen und sich eine Serviette als Beweis stibitzt. Der Inhaber dieser Wirtschaft hieß so, wie Thomas mit Nachnamen!

Der ganze Rummel nur wegen eines dummen Missverständnisses!

Hätte Isa mit ihm gesprochen, dann wäre das alles niemals passiert!

Selbst jetzt noch, Stunden später, schüttelte Jolie nur ungläubig mit dem Kopf.

Dafür war die Rückfahrt einfach nur traumhaft schön gewesen. Die Agentin hatte Feierabend, das Model war noch irgendwo anders und Jolie hatte sich einfach nur sauwohl gefühlt!

Entgegen jeglicher Vernunft hatte sie sich dabei dann doch den Wind durch die offene Mähne streichen lassen und war in Schritttempo dahingeschlichen.

Anders, als bei der Hinfahrt, hatte sie auf dem Weg zurück zum Hotel auf nichts mehr achten müssen! Die Freizeit hatte begonnen, mit Sonne auf der nackten Haut und offenen Haaren, mit einem lauen Sommerwind und einer fantastischen Landschaft.

Auf einem besonders holprigen Pfad am Ufer entlang war sie mit der Vespa einfach dahingeglitten und der brummende Motorroller zwischen ihren Schenkeln hatte ihr dabei wohlige Schauer der Lust durch den Leib gejagt.

Die Freude auf den jetzt anstehenden Rest des Urlaubs hatte Jolie singen lassen.

Ihr fahrender Vibrator hatte fast zwei Pferdestärken, sie war gekommen, bevor sie das Hotel wieder erreicht hatte, und hatte es genossen!

Im Zimmer angelangt wechselte sie gerade die Wäsche, als es klopfte.

Ungeachtet ihres mehr als dürftigen Anzugs ging sie in Unterwäsche zur Tür, öffnete und vor ihr stand Olivia.

„Entschuldige, Jolie, aber wir wollten doch noch reden?", fragte die junge Frau.

Jolie blickte sich zum Wecker um und nickte.

„Gib mir mal zwei Minuten, zum Duschen und Umziehen!", entgegnete sie und bemerkte erst jetzt, dass Olivia sie mit dem Vornamen angesprochen hatte. Nicht wie bisher mit Madame oder dem Familiennamen.

Olivia wollte daraufhin gehen, doch Jolie bat sie einfach herein.

„Du kannst dich auf den Balkon setzen und dort warten, ich beeile mich!", erklärte sie noch und lief zum Bad hinüber.

Unterwegs warf sie die Wäsche zur Seite und ging unter die Dusche.

Das Wasser auf der sommerlich heißen Haut war herrlich, doch die von der Vespa ausgelöste Begierde war noch immer nicht völlig gestillt. Zu lange war auch schon wieder das letzte zärtliche Beisammensein mit Tina her.

Und draußen saß so ein zauberhaftes Geschöpf. Wie dafür geschaffen, um sie mit Wonne zu vernaschen! Zwar noch viel zu jung, aber in der Fantasie war alles erlaubt.

Der warme Schauer aus der Regendusche rieselte über ihren Leib, streichelte sie, sie schloss die Augen und träumte sich einfach davon. Sie überließ sich völlig dem Gefühl und war in ihrer Vorstellung draußen auf dem Balkon, bei dieser jungen Frau in dem knappen roten Bikini.

Was würde sie jetzt darum geben, dass Olivia hier bei ihr wäre! Und in ihren Gedanken war sie es!

Es dauerte nicht sehr lange, da überrollten sie abermals diese Vibrationen der Lust und ihre Knie wurden schwach. Schnaufend und mit dem Rücken gegen die Wand gelehnt spürte sie diesem wundervollen Gefühl hinterher und genoss es einfach.

Als ihr aufgewühlter Körper wieder zur Ruhe gekommen war, schlug sie die Augen auf und sah, dass Olivia in der Tür des Badezimmers stand.

Ihr fragender Blick sagte soeben aus, dass es ihr wohl zu lange gedauert hatte und sie daher hatte nachsehen wollen.

Vermutlich stand sie schon ein oder zwei Minuten dort und hatte sie beobachtet.

Sollte ihr das jetzt peinlich sein? Eigentlich nicht und Olivia musste ja nicht wissen, dass sie ihr gerade sehr viel näher gewesen war.

Das »Ich komme gleich«, das Jolie ihr jetzt zuwerfen wollte, blieb ihr zum Glück im Halse stecken. Es wäre nur noch peinlicher geworden.

„Nur noch einen Augenblick!", äußerte sie schnaufend, stellte die Brause ab und trat aus der Duschkabine.

Olivia hielt ihr das Handtuch hin und ging danach wortlos nach draußen.

Seufzend blickte Jolie dem Objekt ihrer heimlichen Begierde nach. Das schrie jetzt wohl nach noch ein paar mehr Erklärungen.

Sie rubbelte sich trocken, wobei es ihr erneut ziemlich heftig kam, aber damit war ihre Lust jetzt erst einmal gestillt und sie konnte sich dadurch ohne Gefahr dieser köstlichen Versuchung in Blond nähern.

Nach einigen Minuten trat Jolie entspannt und glücklich auf den Balkon hinaus.

Olivia saß im Stuhl und blickte in die Ferne. Es war ihr anzusehen, dass sie über das gerade beobachtete nachgrübelte.

Jolie legte ihr die Hand auf die Schulter und Olivia schaute zu ihr auf.

„Was du gesehen hast, das muss dir nicht peinlich sein", begann Jolie und setzte sich zu ihr.

Olivia legte den Kopf ein wenig schief. Das sah so entzückend aus, aber sie war einfach noch viel zu jung. Innerlich seufzte Jolie, denn die verbotenen Früchte waren einfach immer viel zu süß!

„Ich könnte es dir auch mit Nietzsche sagen. Der hat mal sinngemäß erklärte, dass jede Verachtung des geschlechtlichen Lebens und jede

Verunreinigung desselben durch den Begriff 'unrein' eine Sünde wider den Heiligen Geist des Lebens ist!"

„Ja, schon", entgegnete Olivia und ihre Wangen nahmen etwas mehr Farbe an.

Sie war jetzt zum Anbeißen süß und schlug auch noch die Lider nieder.

Nur der unbändige Willen hielt Jolie jetzt noch auf ihrem Stuhl.

Langsam lehnte sie sich zurück und setzte fort: „Weißt du, wenn du dich selbst berührst und dabei die Augen schließt, dann kannst du an jeden Ort reisen, an dem du am liebsten jetzt deine Sinnlichkeit frei genießen möchtest und mit den Menschen, die du liebst!"

Olivia atmete gegenwärtig etwas schwerer.

Jeder Atemzug dieses zauberhaften Geschöpfes weckte immer mehr das Tier in Jolie. Wie der lüsterne Wolf, der sich auf das sinnliche Rotkäppchen stürzte, um es zu verschlingen, wobei sie hier eigentlich die roten Haare hatte!

Jolie brauchte jetzt eine Ablenkung, blickte in die Ferne und begann: „Aber lass uns das Thema wechseln! Wir wollten über das Modeln reden. Du bist wirklich wunderschön und hast Talent, aber willst du dir das wirklich antun?"

„Was meinst du? Ich liebe das!", entgegnete Olivia.

Jolie seufzte auf und richtete ihren Blick wieder auf die junge Frau.

„Das ist ein Knochenjob! Ich mache das jetzt ein paar Jahre und kann das eventuell, mit ganz viel Glück, noch eine Weile weitermachen. Mein Tagesplan sieht Sport und Ernährung wie bei einem Hochleistungssportler vor. Und so ähnlich kannst du dir das auch vorstellen: Viele trainieren, nur wenige kommen zur Olympiade und nur einer kann gewinnen. Möglicherweise hast du das Zeug zum nächsten Topmodel, aber was, wenn nicht?", erzählte Jolie.

Olivia sah gerade sehr nachdenklich aus.

„Bitte verstehe mich nicht falsch, ich will dir deinen Traum nicht nehmen, ich will dir nur sagen, dass da eine Menge täglicher Arbeit in diesem Geschöpf hier steckt!", setzte Jolie hinzu und strich mit den Fingern über ihren Körper.

Olivia nickte.

„Ich habe ein paar Verbindungen und könnte dir für den Start helfen, aber es danach wollen, dass musst du selbst! Nur du alleine entscheidest über den Erfolg! Das nimmt dir niemand ab!"

„Ok, das habe ich verstanden", entgegnete Olivia.

„Wenn du magst, dann fangen wir jetzt an? Ich zeige dir ein paar Dinge, lasse dich laufen und morgen früh um 05:30 Uhr treffen wir uns da unten an der Treppe zum Joggen!"

„Halb sechs am Morgen, da ist es doch noch dunkel!", bemerkte Olivia.

Jolie hob mahnend den Zeigefinger.

„Verstehe", gab Olivia ihr kleinlaut zurück.

Die erste Übungsstunde begann auf dem Balkon und Olivia war eine extrem gelehrige Schülerin.

Vielleicht sollte Jolie eine Agentur eröffnen und dann einfach in Zukunft hinter der Kamera stehen!

Viele Stunden später, nachdem Isa informiert und auch das Abendessen vorüber war, nahm Jolie ihr Handy. Sehnsüchtig blickte sie in die Ferne!

Schließlich tippte sie eine Nachricht für Tina ein. Sie schrieb: „Keines meiner Worte könnte dich, dein leidenschaftliches Herz und deine sanfte Seele wahrhaft umfassen. Ach, wärest du nur hier, dann liebkoste ich dein begehrtes Gesicht und küsste deine Stirn!"

Mit einem Kuss auf das Display sendete sie die Botschaft ab.

Anschließend ging sie nach unten zum Pool und schwamm wieder ihre Runden, das lenkte sie auch von Olivia ab, die jetzt vermutlich gerade in ihrem Zimmer schlief. Was für eine Verschwendung!

20. Kapitel

Auf der Suche nach Sinnlichkeit

*A*m Morgen hatte Tina ihr einen Abzug des Bildes im Café vorbeigebracht und selbst jetzt noch, ein paar Stunden danach, konnte sich Isa kaum von diesem Foto losreißen.

Es war magisch und unbegreiflich, wie es Tina geschafft hatte, den Moment purer Erotik auf dieses Blatt zu bannen.

Ein Maler hätte einige Stunden dafür gebraucht, um das so hinzubekommen und bei Tina war es nur der Druck auch den Auslöser im richtigen Moment gewesen. Sie war wirklich eine große Künstlerin, das musste Isa ihr neidlos zugestehen.

Bisher hatte sie nie viel von Fotos gehalten und vermutlich war diese Voreingenommenheit durch ihr Studium gekommen.

Einst waren Gemälde das Mittel gewesen, um Momente für die Ewigkeit festzuhalten, dann hatte der Fotoapparat die Staffelei verdrängt und vielleicht hatte Isa als Malerin daher die Nase etwas verächtlich hochgezogen, wenn ihr jemand etwas von der Macht des Fotos erzählt hatte, aber wenn sich die richtige Person hinter der Kamera befand, dann konnte es wirklich geschehen, das etwas Großartiges und Außergewöhnliches entstand.

Als Ramona zur Ablösung von der Frühschicht erschien, traf auch Tina mit zwei ihrer Studentinnen ein, um eine Art von Freiluftseminar zu machen.

Es war wohl eher Privatunterricht und da Isa sowieso Zeit hatte, setzte sie sich einfach dazu.

Abermals hörte sie Dinge, die sie bis zum Tag zuvor nie interessiert hatten. Von Belichtungszeiten, Brennweiten, ISO-Werten, Weißabgleich, Beleuchtungsstärke und all den anderen Dingen, die beim Malen keinerlei Rolle spielten.

Fotografie war eine technische Kunst, aber durch Tinas Ausführungen verstand sie jetzt, dass es auch dabei auf das Auge des Künstlers ankam.

Es genügte bei weitem nicht, nur im richtigen Moment auf den Knopf zu drücken. Die Fotografin musste auch noch an so vieles anderes denken, bevor es so ein sensationelles Bild wurde, wie jenes, das Tina ihr am Morgen gegeben hatte.

Zuerst ging Sofia und danach Simone und zum Schluss saßen sie nur noch zu zweit an dem kleinen Tisch und jetzt musste Isa der Freundin sagen, wie beeindruckt sie von jenem Porträt war.

Es musste einfach heraus und Tina wurde sogar ein bisschen rot, bei all dem überschwänglichen Lob für ihre zweifellos vorzügliche Arbeit.

Noch einmal nahm Isa das Bild und erklärte dann: „Ich habe mir überlegt, für Thomas ein paar Fotos in dieser Art zu machen. Könntest du mir dabei helfen?"

„Selbstverständlich gern. Dazu müssten wir in mein Atelier", erklärte Tina und zwinkerte ihr zu.

Isa kannte Tinas Wohnung vom Umzug. Da war kein Atelier darin zu finden gewesen und das Zwinkern kam ihr auch etwas seltsam vor, dennoch ließ sie sich darauf ein, denn sie wollte diese Fotos unbedingt.

Falls Jolie ihr sagen würde, dass Thomas sie angemacht hätte, dann würde sie diese Bilder für sich behalten und anderenfalls wären sie ein Lohn für seine Treue und Standhaftigkeit.

Und dieses Stehvermögen würde er dann sicherlich eine ganze Nacht lang auch bei ihr beweisen können, wenn er die sicherlich heißen Aufnahmen gesehen hatte.

Innerlich musste sie bei diesem Gedanken schmunzeln.

„Brauche ich noch etwas dafür?", fragte Isa.

„Nur dich und die richtige Stimmung", entgegnete Tina.

Isa nickte, betrachtete noch einmal das Bild und verwahrte es dann vorsichtig in ihrer Handtasche.

Gemeinsam brachen sie auf und gingen nebeneinander schweigend die Straße entlang.

Ein bisschen mulmig war ihr gerade bei dem Gedanken, sich wieder vor Tina auszuziehen, aber ohne das würde sie ja keine erotischen Bilder machen können. Im Rollkragenpullover ging das wohl kaum, wobei Tina das sicherlich auch hinbekommen würde, denn sie war ja eine Meisterin!

In ihrer Wohnung angekommen fragte Tina: „Möchtest du vorher noch etwas trinken, um lockerer zu werden?"

„Nein danke", entgegnete Isa und fühlte sich dennoch gerade wieder wie das schüchterne Mädchen, was einst in diese Stadt gekommen war, um hier die Malerei zu studieren.

„Es dauert noch einen Moment", erklärte Tina und verschwand in ihrem Schlafzimmer.

Es polterte und klapperte und durch die offene Tür konnte Isa zusehen, wie Tina darin Scheinwerfer und andere Dinge so aufstellte, wie sie das wohl haben wollte. Einiges davon wurden noch einmal von ihr umgestellt, bevor sie zurück in die Stube kam und sie fragte: „Bereit?"

So wirklich gerüstet dafür fühlte sich Isa zwar gerade nicht, aber sie erhob sich und folgte der Frau.

Neben dem Bett stehend blickte sie Tina an und fragte: „Was soll ich tun?"

Tina zog die Stirn kraus und zeigte auf das Sofa zurück, auf das sie sich nach ein paar Schritten abermals setzten.

„Du möchtest doch diese Bilder. Oder?", begann Tina.

Isa nickte.

„In der Art, wie du es bei dem Foto gestern gemacht hast, musst du einfach nur dafür bereit sein", setzte Tina fort.

Isas Gedanken gingen zu der Aufnahme am Tage zuvor zurück. Das war wirklich schön gewesen, aber gerade war es ihr peinlich, sich vor Tina auszuziehen.

Die Frau bemerkte wohl ihr Zaudern und blickte sie daher fragend an.

Gerade eben hatte Isa doch noch diese Fotos gewollt. Was war jetzt anders? Dass sie hier mit Tina in dem Raume alleine war? Oder dass Tina davon Bilder machen würde?

Aber das war es doch gewesen, was sie wollte!

Isa nahm all ihren Mut zusammen, erhob sich und ging zurück in das Schlafzimmer. Abermals trat sie an das Bett und streifte die Kleidung von sich. Sorgfältig und wie um dadurch Zeit zu gewinnen legte sie die Sachen zusammen.

Noch stand sie mit dem Rücken zu Tina, aber die hatte sie ja bereits am Tage zuvor nackt gesehen.

„Und wie willst du es?", fragte sie anschließend, vor dem Bett stehend, als sie sich zu ihr umdrehte.

„Das ist nicht die Frage. Wie möchtest du es haben!", erwiderte Tina.

„Es soll schön und erotisch aussehen, aber ich will keine Pornografie!"

„Das möchte ich auch!", entgegnete Tina und setzte dozierend hinzu: „Pornografie ist die Darstellung von geschlechtlichen Vorgängen und dazu wird nur dein Geschlecht betont! Ich möchte einfach ein paar wundervolle Bilder von dir machen. Für mich ist die sexuelle Handlung dabei Teil einer Geschichte. Mir geht es um deine Schönheit und Ästhetik und nicht, wie in der Pornografie, nur um das Zeigen deiner Geschlechtsmerkmale."

Jetzt war es also an ihr, sich etwas auszudenken, damit Tina dann die Aufnahmen bekam.

„Vielleicht sollte ich auf dem Bett sitzen oder liegen?", sagte sie laut vor sich hin.

Tina schwieg, denn es war ja ihre Entscheidung.

Nach einem kurzen Zögern legte sie sich in das Bett und blickte Tina an. Jetzt wartete sie auf die Anweisungen der erfahrenen Frau, doch Tina schien noch zu grübeln.

„Da fehlt noch was", erklärte sie, nachdem sie durch den Sucher geschaut hatte.

Tina blickte sich im Zimmer um und holte schließlich einen roten Seidenschal aus einer Kiste, den sie zu ihr brachte und so auf ihrem Leib drapierte, dass er zugleich etwas von ihr verdeckte und einen anderen Teil entblößte.

„Jetzt lass dich wieder in deine Fantasie fallen! Denke an den Moment von gestern zurück.

Du musst deine eigene Sinnlichkeit finden und auch ausstrahlen!", erklärte Tina.

Isa schloss die Augen und dachte zurück, doch es wollte ihr einfach nicht gelingen, in das richtige Gefühl einzutauchen.

„Ich kann das nicht alleine", seufzte sie, öffnete die Augen und blickte zu Tina hinüber.

Abermals zog Tina die Stirn in Falten. „Hast du dich nie selbst gestreichelt?", fragte sie nach.

Isa schüttelte den Kopf und senkte den Blick. Das war ihr gerade ziemlich peinlich und sie überlegte schon, die Aufnahmen abzubrechen.

„Ich bin in einem ziemlich konservativen Elternhaus aufgewachsen", versuchte sie sich infolgedessen zu entschuldigen.

„Einem verklemmten würde ich es wohl eher nennen! Hast du dir früher wirklich nie selbst Lust gebracht? Heimlich und in der Nacht?"

Isa dachte zurück und schüttelte abermals den Kopf.

„Möchtest du es versuchen?", erwiderte Tina und legte die Kamera zur Seite.

„Ich weiß nicht. Soll ich? Wie geht das?", entgegnete Isa.

Tina seufzte und rollte mit den Augen.

„Da gibt es kein Rezept! Du musst es selbst ergründen, was dir gefällt, aber wirklich du selbst kannst du nur sein, wenn du nicht auf sexuelles Wohlwollen eines anderen wartest, sondern dir intuitiv die Lüsternheit gönnst, die dich dorthin fliegen lässt, wo du dich für einen besonderen Zeitraum entspannen kannst. Wo du das Begehren findest, nach dem es deinen Körper zutiefst verlangt!", erzählte Tina und trat langsam näher.

„Und jetzt schließe deine Augen, genieße und lass dich fallen!", flüsterte Tina.

Abermals tat Isa, was Tina ihr geraten hatte. Sie schaltete den Verstand aus und spürte einfach diesen wunderbaren Berührungen nach, die soeben Kreise der Lust auf ihrer Haut zogen.

Es dauerte zwar erneut etwas, doch dann konnte sie sich dieser grenzenlosen Gier ergeben.

Abermals begann ihr Puls zu rasen, ihre Haut wurde extrem empfindlich und der Orgasmus überrollte sie zum Schluss einfach.

Schnaufend voller Glück öffnete sie die Augen und blickte Tina an.

„Wenn du jetzt in dein süßes Gesicht sehen könntest, mit diesem verklärten Ausdruck in deinen leuchtenden Augen! Einfach zauberhaft! Das muss ich einfangen!", erklärte Tina und eilte zu ihrer Kamera zurück.

21. Kapitel

Sterne der Gier

*D*ie Bilder, die sie von Isa gemacht hatte, waren einfach nur wundervoll geworden. Es war eine Serie von einem Dutzend Fotos, aus denen diese sinnliche Erotik nur so herausspringen wollte. Das war wohl auch kein Wunder gewesen, denn der wenige Augenblicke zuvor erlebte Höhepunkt war darin immer noch deutlich zu erkennen.

So etwas konnte keiner spielen!

Gerade saßen sie in der Wohnstube auf dem Sofa, Isa hatte sich einen Bademantel um den Leib gewickelt und sie tranken ein Glas Rotwein zusammen.

Tina betrachtete die Frau vor sich und dachte daran zurück, was Isa ihr gesagt hatte.

Selbstverständlich wusste sie, dass es auch Menschen gab, die so streng erzogen worden sind, dass das eigene lustvolle Berühren als Sünde betrachtet wurde, aber bisher hatte sie das noch nie von jemanden direkt gehört.

Sie selbst war bei ihren Eltern ziemlich schnell aufgeklärt worden und ihre Mutter war ein verspätetes Blumenkind gewesen. Die waren dem Sex im Allgemeinen ziemlich aufgeschlossen gegenüber. Der »Summer of Love« war mitunter bei ihnen auch ein Thema gewesen und die Eltern liefen manchmal nackt durch die Wohnung. Vermutlich auch jetzt noch!

Das hatte sich für das Mitbringen von Freunden aus der Schule etwas schwierig gestaltet.

Aber sie hatte sich auch nie wirklich für Jungs interessiert, denn sie hatte ziemlich früh erkannt, dass es sie mehr zu Mädchen zog. Und später eben zu Frauen, aber da war sie in ihrer Schulzeit leider mit dieser Neigung ziemlich alleine gewesen!

Doch gerade zog es sie mit unbändiger Macht zu dieser wundervollen Frau, die soeben leicht bekleidet, oder eben kaum verhüllt, in ihrer Wohnung saß und in Gedanken versunken an ihrem Glas nippte.

Noch immer war diese wundervolle Rotfärbung in ihrem Dekolletee und auf ihren Wangen zu sehen. Auch fast eine Stunde nach diesen Fotos hatte sie noch immer dieses Leuchten in den Augen.

Es schienen Sterne darin zu glänzen! Sterne der puren Lust waren es!

Tina konnte den Blick nicht davon abwenden, aber sie hatte auch bemerkt, wie verklemmt Isa gewesen war. Und dennoch war sie einfach wahnsinnig schnell unter ihren streichenden Fingern gekommen.

Da schien ein Zwiespalt in Isa zu liegen: Einer zwischen den eigenen Bedürfnissen und den von ihr angenommenen gesellschaftlichen Normen. Oder dem, was sie durch ihre strenge Erziehung dafür hielt.

Es bedurfte sicherlich nur ein paar weiterer sinnlicher Berührungen und eines Gespräches, um dieses grenzenlose Verlangen auch in Isa zu entflammen.

„Kann ich mich dann noch bei dir duschen?", fragte Isa und unterbrach damit ihre Gedanken.

„Na klar. Du weißt ja noch, wo das Bad ist", entgegnete Tina und blickte ihr hinterher, als sie aus dem Zimmer ging.

Diese anmutigen Bewegungen verlockten sie gerade dazu, ihr einfach folgen zu wollen.

Sollte sie es tun? Oder würde das zu viel zerstören? Schließlich war Isa ja auch Jolies Freundin!

Tina roch an ihren Fingern, die das Glas hielten und an denen noch Isas Duft der Leidenschaft, dieses Parfüm ihrer grenzenlosen Gier und Erregung gefangen war.

Es war ein wirklich traumhaftes Bukett! Und es weckte ihre eigene Leidenschaft!

Durch die viele Arbeit an der Uni hatte sich in ihr auch etwas aufgestaut, das sich jetzt, da Tina Zeit hatte, endlich entladen wollte.

Und Jolie war so unglaublich weit entfernt.

Sollte sie am Abend einfach selbst Hand an sich legen? Oder die sich ihr gerade bietende Gelegenheit am wunderschönen Schopfe packen?

Nach dem zweiten stand ihr gerade mehr der Sinn, aber eventuell hatte Isa wieder die Tür des Badezimmers von innen verriegelt, wie sie es schon beim letzten Mal gemacht hatte.

Oder nicht?

Diese Ungewissheit zog Tina jetzt vom Sessel und das erwachte Verlangen führte sie hinter Isa her. Mit klopfendem Herzen klinkte sie an der Tür und erwartete schon, dass sie draußen bleiben musste, doch die Badtür glitt leise auf.

Isa stand unter der Dusche und wusch sich.

„Jetzt, oder nie!", sauste es durch Tinas Kopf, bevor die aufsteigende Erregung sie zwang, sich ziemlich hektisch ihrer Kleidung zu entledigen.

Nach Sekunden betrat sie die Duschkabine, Isa fuhr erschrocken herum, sagte aber kein Wort.

Auch Tina gab keinen Laut von sich, alles, was sie jetzt noch ausdrücken wollte, das zeigte sie mit einem Kuss.

Isa zuckte nicht zurück und so wurde aus dem zaghaften Kuss ein sehr viel leidenschaftlicher.

Die aufgestaute Lust entlud sich explosiv in der beengten Kabine und sie mussten sich gegenseitig stützen, damit ihre zitternden Beine sie noch trugen.

„Das war wirklich gigantisch", erklärte Isa schnaufend, die dieses Mal nicht die Augen geschlossen hatte, sondern wirklich die intime Nähe mit Haut, Haaren und allen Sinnen genossen hatte.

Sie trockneten sich ab und dabei näherte sich Tina Isa und flüsterte ihr ins Ohr: „Kannst du den Zauber dieses Augenblicks ebenfalls noch in deinen Lenden spüren?"

„Ja! Es war magisch und es ist immer noch so unglaublich!", entgegnete Isa leise.

Tina drehte sich von ihr fort, um ihre Kleidung aufzunehmen, doch von hinten umfing Isa ihre Hüfte mit einem Arm.

Die junge Frau hauchte ihr einen Kuss auf den Rücken und wisperte danach: „Ich danke dir! Ich habe so etwas noch nie so intensiv gefühlt!"

Tina drehte sich zurück und umarmte die andere Frau.

„Du musst es nur zulassen, dann kannst du so viel fühlen!", erklärte Tina.

„Ich kann sicherlich noch viel von dir lernen", antwortete Isa.

„Da gibt es doch nichts zu lernen! Das hier ist kein Fach in der Schule und im Moment bin ich keine Lehrerin. Du musst nur auf das lauschen, was dein Gefühl dir sagt! Schalte den dummen Kopf ab und vergiss alles, was deine Eltern dir beigebracht haben!", hauchte Tina in Isas Ohr.

„Ich möchte mit dir schlafen und am Morgen neben dir erwachen!", flüsterte Isa.

Jetzt zuckte Tina zurück.

Sie hatte Isas Verlangen befreien wollen, aber hatte sie dabei jetzt unvorsichtigerweise eine Bestie geweckt? Einen Dämon gerufen? War sie zu weit gegangen?

Isa hatte einen Freund und sie eine Freundin, nur dass beide gerade ziemlich weit fort waren.

„Ich weiß nicht", erklärte Tina und wollte sich aus Isas Griff befreien.

Doch diese großen, wunderschönen und fragenden Augen zwangen sie zu einer Erklärung.

„Wir sind beide gebunden!"

„Mir geht es gerade nicht um eine Bindung. Ich möchte noch so viel über mich und meinen Körper erfahren. Du weißt so viel und du hast schon so viele Erfahrungen! Vor Thomas hatte ich nur zwei Freunde und mit beiden war der Sex lausig. Mit Thomas ist er gut, aber um wie vieles besser wäre er, wenn ich meine eigenen Bedürfnisse kennen würde!"

„Da ist was dran!", entgegnete Tina und hielt Isa den Bademantel wieder hin.

Zusammen gingen sie zurück ins Schlafzimmer und ließen sich in das Bett fallen.

22. Kapitel

Wie vom Blitz getroffen

Olivia war am Morgen überpünktlich gewesen und hatte bereits an der Treppe zum Strand gestanden, als Jolie aus dem Fenster zu ihr hinabgesehen hatte.

Das anschließende Joggen war ebenfalls ganz gut gewesen, obwohl Olivia ziemlich geschnauft hatte, aber auf dem lockeren Untergrund war es auch etwas schwerer, schnell zu laufen.

Olivia hielt sich gut und wenn man sich bei der Bewegung etwas mit Gesprächen ablenken konnte, dann machte das alles viel mehr Spaß.

Sie waren an diesem Morgen sicherlich nicht die 15 Kilometer des Tages zuvor gelaufen, aber zwölf waren es gewiss dennoch gewesen. Ohne den Sand wären sie freilich schneller vorangekommen!

Jetzt lag Jolie wieder in ihrem Liegestuhl, die Geheimagentin hatte ihren Auftrag erfüllt und damit Feierabend für den Rest der Woche und das Model schlief irgendwo tief in ihr.

Da das Verhältnis zwischen Hengsten und willigen Stuten ausgeglichen war, brauchte sie auch nicht mehr die Rolle dieses arroganten, unhöflichen und unnahbaren Topmodels zu geben!

Von jetzt an hatte sie Ferien und da die Männer ja sowieso anderweitig bespaßt wurden, sah sie auch keine Notwendigkeit mehr darin, die Zicke spielen zu müssen. Jetzt konnte sie sich so geben, wie sie einfach war!

Bedauerlicherweise war Olivia nach dem Frühstück auf ihr Zimmer geschlichen, um ihren Muskelkater zu kurieren. Dass da Bewegung am besten dagegen half, hatte ihr nur ein müdes Lächeln abgetrotzt. Schade eigentlich, aber es war der erste Tag, an dem sich Olivia auf das vorbereitete, was ihr Traum war.

In der warmen Sonne liegend, dachte Jolie an ihre eigenen Anfänge zurück. Wie war das eigentlich damals bei ihr am ersten Tag gewesen? Sie hatte sich gewissermaßen alles selbst beibringen müssen. Es wäre schön gewesen, wenn sie früher schon jemand gekannt hätte, der es ihr erklärt hätte.

Der Gedanke vom Tage zuvor, eine Agentur oder Schule für Models zu gründen, kam ihr wieder in den Sinn.

Das Buch war auf dem Zimmer geblieben und erneut spielten die Männer Wasserball. Hatten die eigentlich keine anderen Hobbys? Das hier war Italien! Da konnte man so unendlich viel unternehmen und Jolie überlegte gerade, ob sie sich die Vespa noch einmal ausleihen sollte.

Nach dem Mittag sicherlich!

Jetzt war erst mal die passende Gelegenheit, um etwas zu schwimmen, denn durch den Lauf mit Olivia war sie am Morgen nicht dazu gekommen, im Meer zu baden und jetzt wollte sie nicht hinab. Da waren sicherlich unendlich viele Touristen.

Aber der verlockende Pool befand sich ja direkt vor ihr und die Männer brauchten nur ein kleines Stück des Beckens für ihr Spiel.

Gesagt, getan, sie verknotete ihre rotte Mähne hinter dem Kopf, sprang in das Schwimmbecken und jagte wenig später mit kräftigen Armzügen durch das Wasser.

Sie war ganz bei sich und alles andere war ausgeblendet. Weder Isa noch Thomas, auch nicht Olivia, oder Tina spielten gerade eine Rolle! Nur sie selbst und das warme Wasser!

Wie in einer Meditation glitt sie dahin!

Eine Bahn nach der anderen schwamm sie, bis der Ball der Männer sie ziemlich hart am Kopf traf.

Im nächsten Moment lag sie auf dem Rücken neben dem Pool, Thomas kniete mit bestürztem Gesicht über ihr und zog soeben seine Hände von ihrer Brust fort.

„Gott sei Dank, sie sind wieder da! Ich musste sie gerade wiederbeleben!", erklärte er sichtlich um sie besorgt.

Ihr Kopf dröhnte und um ein Haar hätte sie: „Danke, Thomas", gesagt, aber damit hätte sie zugegeben, dass sie ihn kannte und ihre Freundin in die Bredouille gebracht. So verschluckte sie seinen Namen, fasste sich an den Kopf und versuchte, sich zu erheben.

„Liegenbleiben!", sagte er ziemlich bestimmt und setzte dann hinzu: „Sie waren bewusstlos und der Arzt ist gleich da! Soll ich sie nach drinnen bringen?"

„Ja, danke, gern", entgegnete sie und erwartete, dass Thomas ihr einfach aufhelfen und sie führen würde.

Stattdessen schob er einen Arm unter ihre Knie, den anderen hinter ihre Schultern und hob sie vorsichtig vom Boden ab.

Jetzt sah sie, dass ein großer Kreis von Menschen rund um sie herum stand. Vermutlich jeder aus dem Hotel, außer Olivia. Und keiner davon hatte ihr geholfen! Alle hatten nur zugeschaut und einige der Mädchen hatten ihre Handys auf sie gerichtet.

Gaffer! Die hatte sie noch nie leiden können! Nur der dröhnende Kopf verhinderte gerade, dass sie die Meute wütend anschrie.

Ohne Thomas hätte sie das Bad im Pool womöglich nicht überlebt und eine große Dankbarkeit durchströmte sie augenblicklich.

„Ich danke ihnen. Ich bin Jolie", sagte sie leise, während er sie an seine Brust zog und behutsam ins Gebäude trug.

„Keine Ursache! Ich heiße Thomas", entgegnete er und bettete sie sanft auf dem Sofa in der Lobby.

Damit war die Namenssache schon mal geklärt.

„Wie kann ich mich für ihre Hilfe bedanken?", fragte sie.

Thomas hob abwehrend die Hand.

„Doch!", erwiderte sie und setzte hinzu: „Vielleicht kann ich sie heute Abend zum Essen einladen?"

Das war zwar unsinnig, da das Dinner hier sowieso inklusive war, aber diesen Wunsch von ihr nahm Thomas dankend an.

Der Arzt trat zu ihr und untersuchte sie ausgiebig.

Thomas blieb dabei in der Nähe und sie fand das sehr sympathisch. Isa hatte wirklich großes Glück, einen solch fürsorglichen und umsichtigen Partner zu haben. Davon würde sie ihr am Abend im abschließenden Bericht noch eine Information zukommen lassen.

Im selben Moment fiel ihr ein, dass er sie wiederbelebt hatte und damit seine Lippen auf den ihren gehabt hatte und seine Hände auf ihrer Brust!

Ein klein wenig war ihr das jetzt peinlich, aber was sollte das?

Hätte er es nicht getan, so wäre sie jetzt eventuell tot!

Als der Doktor von ihr abließ, legte ihr Thomas eine Decke um die Schultern.

„Soll ich sie auf ihr Zimmer bringen?", erkundigte er sich rührend.

„Nein, danke! Lieber wieder nach draußen an den Pool! In die Sonne zum Aufwärmen!", entgegnete sie, weil sie merkte, dass sie eine Gänsehaut bekam und zitterte.

Sie blickte zum Tresen und dort stand die Raumtemperatur am Thermometer: 28 °C!

Eventuell stand sie unter der Klimaanlage, aber als sie nach oben sehen wollte, knickten ihr die Beine weg.

Thomas sprang auf sie zu und fing sie auf.

„So richtig fit bin ich wohl doch noch nicht!", stammelte sie.

Der Doktor gab ihr eine Spritze mit einem Stärkungsmittel und Thomas hielt sie dabei fest im Arm.

Ein paar Minuten später lag sie neuerdings auf ihrem Liegestuhl, Thomas hatte etwas zu trinken neben sie gestellt, bevor er abermals in den Pool gestiegen war.

Jetzt spielte er wieder mit, aber er sah jede Minute zu ihr herüber. Exakt alle sechzig Sekunden traf sich ihr Blick!

Man hätte die Uhr danach stellen können!

„Man, Isa! Hast du ein Glück!", dachte sie.

Der Ball hatte sie wie ein Blitz aus heiterem Himmel getroffen und genauso hatten sich ihre Lippen berührt.

Langsam führte sie ihre Fingerspitzen zum Mund und spürte der Berührung nach, die sie ja eigentlich nicht hätte empfinden können, aber sie fühlte sie dennoch!

Das war verrückt! Oder wunderbar?

23. Kapitel

Der Zauber in ihren Armen!

Mit einem Gähnen erwachte Isa und brauchte nur eine Sekunde, um zu begreifen, dass sie noch immer bei Tina war, aber das Bett neben ihr war leer.

„Tina?", fragte sie, als die andere Frau auch schon nackt und mit zwei Kaffeetassen in der Hand den Raum betrat.

„Was für eine Nacht!", seufzte sie bei dem Gedanken an all diese Sinneslust, die sie in den letzten Stunden genossen hatte, bevor sie glücklich und erschöpft in Tinas Armen eingeschlafen war.

Tina beugte sich zu ihr herab, küsste sie und gab ihr eine der Tassen.

Nebeneinander im Bett sitzend tranken sie den Kaffee und sahen sich immer wieder an.

Sie hatte noch Stunden Zeit, bevor sie am Nachmittag zu Ramona gehen musste und wie es der Zufall so wollte, hatte auch Tina an diesem Vormittag keinen Unterricht.

Damit war die Gelegenheit günstig, für weitere Lehrstunden.

„Letzte Nacht haben wir uns gegenseitig Lust geschenkt, aber ich wollte doch mehr über mich selbst erfahren. Wie hast du das alles gelernt?"

„Das lernt man durch Erkunden und machen! Einfach und ohne Scheu!"

Isa nickte und stellte die Tasse auf dem Nachtschrank ab.

Tina beugte sich zu ihr vor. Was wollte sie? Einen Kuss?

„Bereits mit 13 Jahren wusste ich, dass ich Frauen liebe und ich war immer froh, lesbisch zu sein", flüsterte sie, lehnte sich zurück und setzte noch hinzu: „Zuerst war es rein spielerisch! Im Ferienlager mit einer Freundin in der Nacht unter einer Decke. Ihr hat es nicht so gefallen, mir schon!"

„So wie bei uns in der letzten Nacht?", erwiderte Isa.

„Hat es dir etwa keinen Spaß gemacht?", entgegnete Tina sichtlich überrascht.

„Doch! Es war wundervoll! Aber ich möchte es selbst erfahren!", antwortete Isa.

„Wir könnten uns gegenüber setzen, du siehst mir zu und versuchst dich selbst zu erkunden, indem du es nachmachst!", erklärte Tina und stellte die Tasse ebenfalls zur Seite.

„Ich soll dir zusehen, während du es dir selbst machst?", erkundigte sich Isa zweifelnd.

„Das, oder es selbst so lange probieren, bis du weißt, was dir gefällt!", antwortete Tina und hob die Hände.

„Wie lange hat das bei dir gedauert, bis du es wusstest?", fragte Isa nach.

154

„Ein paar Jahre, bis zu meinem ersten Orgasmus!"

„Ein paar Jahre?"

„Ich war 13, als ich begonnen habe, mich spielerisch zu erforschen!", antwortete Tina lächelnd.

„Und bei deinem ersten Höhepunkt?"

„Fast 16!"

„Ok! Lass es uns versuchen!", sagte Isa und lehnte sich an das Kopfende des Bettes.

„Wirklich?", fragte Tina.

Isa nickte nur.

Jetzt schob sich Tina in einer sitzenden Position mit dem Rücken gegen die Stützpfeiler am Fußende des Bettes.

Sie machte es ihr einfach nach und damit saßen sie wenig später diagonal, Tina öffnete ihre Beine, winkelte die Knie an und Isa machte es ihr auch weiterhin nach.

Sie saßen damit so, dass sich ihre Zehen berühren konnten und jede von ihnen einen sehr tiefen Einblick in den Körper der jeweils anderen bekam.

Tina nickte ihr zu und begann sich zu streicheln. Zuerst ganz langsam, wobei sie ihre Augen offen und auf sie gerichtet hatte, aber es schien so, als ob sie in einer anderen Welt wäre. In einem Universum aus purer Lust!

Isa tat es ihr nach, aber es war eher mechanisch und das richtige Gefühl stellte sich dabei nicht ein.

Tinas Finger wurden schneller und auch ihre Atmung beschleunigte sich. Jetzt schloss sie ihre Augen und kurz darauf warf ein Schütteln sie regelrecht umher. Stöhnend überkam sie der Höhepunkt, den sie sich selbst herbei gestreichelt hatte.

Es dauerte etwas, bis Tina mit einem wohligen Seufzen wieder die Augen aufschlug.

„Und?", fragte Tina.

Isa schüttelte den Kopf.

„Schade, aber es war dein erster Versuch! Bei mir hat das auch nicht auf Anhieb funktioniert. Man muss sich in das Gefühl fallen lassen!", erzählte Tina und ihre Stimme zitterte noch von dem gerade erlebten Hochgenuss.

Soeben fiel Isas Blick auf die tiefrote, feuchte und geschwollene Scham der anderen Frau und danach blickte sie an sich selbst hinab. Da war ganz offensichtlich noch nicht dieses Gefühl in ihr, dass sie wohl dafür brauchen würde.

Wie war das denn in der Nacht gewesen? Da hatten sie sich gegenseitig gestreichelt, bis ihnen die Atmung versagt hatte. Was war denn jetzt anders, es bei sich selbst zu versuchen?

Seufzend lehnte Isa den Kopf an den Bettpfosten zurück.

„Kannst du dir vorstellen, dass es Frauen gibt, die nie im Leben einen Orgasmus haben? Viele Männer wissen nicht, was Frauen wirklich brauchen, um sich fallen zu lassen. Die Lust beginnt hier!", erklärte Tina und tippte ihr an die Stirn.

„Ich hatte dir doch erzählt, dass meine Eltern so mehr wie Hippies gelebt haben", setzte Tina fort, zog ein Bein noch weiter an und stütze ihr Kinn auf dem Knie ab.

„Hast du eine Ahnung davon, wie das war, als ich von der Schule heimgekommen bin und zehn Menschen, Männer und Frauen, nackt in der Stube auf dem Fußboden sitzend vorfand, die sich selbst befriedigten? Ich war beinahe sechzehn und kurz darauf habe ich gewusst, wie es geht! Es ist äußerst erregend, jemanden anderes zuzusehen, während der vollständig in Ekstase ist, so völlig abgehoben? Es ist göttlich! Bitte zeige mir, wie du es dir machst!", drängte Tina sie jetzt fast.

Einen Moment zögerte Isa, was die Freundin wohl dazu bewog, ihr noch einmal den eigenen Körper zu erklären.

Das war eine andere Art von Anatomieunterricht und bei Tinas Erklärungen begriff sie, was sie zuvor falsch gemacht hatte.

In der Nacht hatte sie einfach instinktiv gehandelt!

Schließlich nickte Isa, schloss die Augen und begann sich langsam zu streicheln. Es dauerte einen Moment, bevor sie vergessen hatte, dass sie beobachtet wurde.

Als sie den blöden Kopf zum Schweigen gebracht hatte, wurde das Gefühl logischerweise intensiver und es gelang ihr dann doch, sich fallen zu lassen.

Ihr Puls begann zu rasen, die Atmung beschleunigte sich und wie bei Tina zuvor schüttelte es auch Isa jetzt richtig durch. Ein explosiver Höhepunkt überrollte sie und ließ sie lustvoll aufstöhnen.

Diese intensiven Wellen waren einfach wundervoll und sie hatte es selbst geschafft, sich so zu stimulieren. Das pure Glück darüber flutete ihren zuckenden Leib!

Als sie die Augen wieder öffnete, warf sich vor ihr auch Tina hin und her.

„Das war so geil!", japste sie und sie beide umarmten sich, um gemeinsam zur Ruhe zu kommen.

„Wir sollten jetzt duschen, denn du musst dann wieder zu Ramona. Oder?"

„Ja, und du zu deinen Studentinnen!"

„So ist es!", erwiderte Tina seufzend und half ihr aus dem Bett.

Die Beine waren immer noch weich und Isa war jetzt so schön schläfrig, aber die leidige Pflicht rief.

„Ich habe eine Verabredung mit drei meiner Studentinnen! Wir gehen in den Zoo, um Bewegungsstudien zu machen!"

„Ich war damals auch mit Jolie im Zoo! Was fühlst du, wenn du bei mir und nicht bei ihr bist?"

„Mit dir ist es schon schön, aber mit Jolie ist es unbeschreiblich! So ähnlich ist es wohl mit dir und Thomas", erzählte Tina.

Isa nickte und trat in die Duschkabine hinein.

„Kann ich heute Abend wieder zu dir kommen?", fragte sie.

Tina nickte lächelnd und trat zu ihr unter die Brause.

„Zu mir oder mit mir?", flüsterte Tina.

„Beides, hoffentlich", entgegnete Isa seufzend und wurde mit einem Kuss belohnt.

24. Kapitel

Abend der Freundschaften

Seit mindestens einer Stunde saß Jolie jetzt schon mit Thomas im großen Speisesaal. Das Hotelpersonal hatte den Tisch, auf ihren Wunsch hin, etwas abseits aufgestellt, mit Blick auf das Meer, und geschmackvoll mit Blumen und Kerzen dekoriert.

Die anderen Gäste waren an ihren Tischen geblieben und Olivia schmollte etwas, weil sie nicht neben ihr sitzen durfte.

Jolie hatte sich den ganzen Tag geschont.

Nachdem das Stärkungsmittel ihren Kreislauf stabilisiert hatte, hatten Olivia und Thomas sich abwechselnd aufmerksam um sie bemüht. So ähnlich musste sich wohl eine Königin fühlen! Ein Fingerzeig und alle sprangen herbei.

Nachdem dann auch die Kopfschmerzen abgeklungen waren, hatte sie Olivia kleine Aufgaben erteilt und diese überwacht. Sie hatte wirklich Talent! Mehr, als sie selbst damals am Anfang gehabt hatte und sie konnte es weit bringen!

Momentan wusste Jolie auch, dass Olivia in einer Kleinstadt ganz in der Nähe ihres Wohnortes lebte. Eventuell hatte sie damit schon ihre erste Klientin, wenn sie den Gedanken von der Agentur ins Auge fassen würde.

Thomas jedenfalls war eloquent, unterhaltsam, aufmerksam und witzig. Isa hatte mit ihren Erzählungen von ihm maßlos untertrieben!

Mittlerweile waren sie bei einem freundschaftlichen du angekommen.

Und Thomas war wirklich ein Traum von einem Mann. Im Laufe des Gespräches hatte er ihr bereits davon erzählt, dass er hier nach vielen Jahren seinen verschollen geglaubten Bruder wiedergetroffen hatte. Er erzählte ihr alles, was Isa von ihm wissen wollte.

Mit jedem weiteren Wort verstärkte sich in ihr nur noch mehr das Gefühl, dass Isa und Thomas einfach mehr miteinander reden sollten!

Das Essen endete, sie blieben an ihrem Tisch und die anderen Gäste gingen zur Bar hinüber.

Olivia wollte gerade missmutig auf ihr Zimmer schleichen, als Jolie sie zu sich winkte.

„Denke daran, morgen früh bei Sonnenaufgang an der Treppe zum Strand! Und mache deine Übungen. Ich prüfe das dann später noch!", legte Jolie fest.

Olivia lächelte, nickte eifrig und gab ihr einen Kuss auf die Wange. Das war wohl so eine Art von Besitzanspruch gegenüber Thomas. So ähnlich war das auch im Kindergarten: „Angeleckt, meins!"

„Schlaf schön!", sagte Jolie.

„Du ebenfalls", erwiderte Olivia und stolzierte aus dem Raum. Dabei bewegte sie sich so, wie Jolie es ihr gezeigt hatte.

An der Tür wandte sich Olivia noch einmal zu ihr zurück und Jolie nickte ihr zu. Sie hob den Daumen und Olivia strahlte wegen des damit erhaltenen Lobs.

„Deine Freundin?", fragte Thomas.

„So in etwas. Aber nein, meine Partnerin ist zu Hause geblieben!", antwortete Jolie ihm.

„Olivia will auch Model werden und ich bringe ihr ein bisschen was davon bei!", erklärte sie weiter und blickte sinnierend zur Tür.

Olivia musste noch lernen, auch mal teilen zu müssen. Das war in der Branche unumgänglich. Mitunter wohnten bei einem Job mehrere Frauen in einem Zimmer einer Pension. Sie selbst hatte es schon mal mit drei anderen auf zehn Quadratmetern für eine Woche aushalten müssen.

„Und was macht ihr da morgen früh?", erkundigte sich Thomas und riss sie damit aus ihren Gedanken heraus.

„Wir werden uns sportlich betätigen", entgegnete sie ihm.

Thomas nickte ihr verstehend zu und goss etwas von dem leckeren Rotwein nach. In Anbetracht des Kopftreffers hatte Jolie sowieso beschlossen, am Abend nicht mehr zu trainieren und daher konnte es eben auch ein Glas mehr davon sein.

162

Und egal wie viel sie auch trank, sie würde Isas Auftrag auch weiterhin erfüllen können, denn sie hatte Thomas ja direkt vor sich.

Über die Kerzen hinweg plauderten sie, als würden sie sich schon ewig kennen, wobei das für sie bei Thomas wohl auch so war, denn Isa hatte schon so viel von ihm erzählt.

Allerdings musste sie jetzt aufpassen, dass sie sich daher nicht verplapperte!

Sie führten ihr Gespräch ungezwungen fort und mit jedem weiteren Wort wurde Thomas ihr sympathischer, wenn das überhaupt noch ging. Sie freute sich so inständig für Isa, dass die Freundin solch einen guten Fang gemacht hatte und wenn sie selbst noch auf Männer gestanden hätte, so hätte Thomas ihr durchaus gefährlich werden können.

Er hatte das gewisse Etwas, was jeder Frau dieses Gefühl von Sicherheit, Vertrauen und Geborgenheit vermitteln konnte.

Schön war es in seiner Nähe! Und angenehm!

Der Abend verging ziemlich kurzweilig und war sehr amüsant. Sie stießen an, tranken sich zu und schauten sich an. Man hätte es Flirten nennen können, was sie hier derzeitig taten, aber es war die freundschaftliche Version davon.

Der Austausch von Gefühlen, aber Isa hatte ja sogar das Flirten erlaubt.

Mitunter streifte er beim Erzählen unbedacht kurz ihre Hand mit seinen Fingern und auch das fühlte sich extrem gut an.

Irgendwann waren sie dann alleine, draußen war tiefste Nacht und der Mond schien auf das Meer!

Romantischer ging es wohl kaum noch.

Mann, Frau, Wein und Mondschein!

Jetzt fehlte nur noch, dass Thomas eine Gitarre auspacken würde, um ihr ein Ständchen zu spielen!

Das Personal hatte sich mittlerweile aus dem Raume zurückgezogen und nur die Kerzen spendeten noch etwas warmes Licht, aber es wurde auch langsam kälter.

Ganz der Gentleman legte Thomas ihr daher seine Jacke um die Schultern, als er wohl ihre Gänsehaut bemerkt hatte.

Sie tranken noch ein letztes Glas, bevor Thomas sie auf ihr Zimmer brachte.

An der Tür verabschiedete er sie mit einem Kuss auf die Wange, als sie ihm die Jacke zurückgab.

Er ging und sie blickte ihm noch eine Weile nach, aber er betrat sein Zimmer und stieg nicht in die Bar hinunter.

Und er kam auch nicht zu ihr zurück!

Jolie seufzte, öffnete ihre Zimmertür und trat ein.

Was hatte sie erwartet, was geschehen würde?

Alles oder nichts?

Stopp! Thomas war Isas Freund! Und Isa war ihre Freundin! Da durfte man so etwas noch nicht mal denken!

Oder doch?

Verdammter Verstand!

Die Versuchung hatte sie umgarnt und ein wenig rollig fühlte sie sich auch noch! Oder war das dem Wein geschuldet? Ohne den hätte sie sich jetzt auf die Vespa geschwungen und wäre ganz langsam über den Parkplatz des Hotels gerollt!

Seufzend warf sie die Handtasche auf ihr Bett und blickte auf die leuchtenden Ziffern des Weckers. Es war schon weit nach Mitternacht und deshalb verzichtete sie darauf, die Freundin noch über den aktuellen Stand ihrer Ermittlungen zu informieren.

Ihre aufkeimenden Gefühle für Thomas würde sie aber tief in sich vergraben! Sehr tief!

Der leckere Rotwein war ihr jedenfalls ganz schön in den Kopf gestiegen, wie sie soeben erneut bemerkte, als sie leicht schwankend durch den Raum ging.

Wenig später wollte sie nach dem Duschen in ihr Bett gehen, als es an der Tür klopfte. War es Thomas, der seine Chancen bei ihr ausloten wollte?

Fast bat sie darum, dass dem so wäre, doch das war falsch!

Sie warf sich den Morgenmantel über ihr Nachthemd und ging zögerlich zur Tür.

Als sie öffnete, stand Olivia vor ihr. Auch sie hatte nur das Nachthemd an und spielte gerade mit ihren Locken.

„Kann ich heute Nacht bei dir schlafen?", fragte sie.

Die Verlockung dieser Situation war zu verführerisch. Und die zuvor geweckte Wollust eigentlich noch irgendwo in ihr! Sollte sie widerstehen und Olivia fortschicken? Oder sie in das Zimmer lassen und sehen, was die Nacht brachte?

Um den Verstand zu verlieren hatte sie wohl ein Glas zu wenig! Wieder verdammt!

Das Topmodel hatte die Kontrolle übernommen!

Jolie gab nach und die Tür frei.

Olivia nickte und schlüpfte lächelnd an ihr vorbei in den Raum.

Als sie sich umdrehte und ihr nachblickte, sprang Olivia bereits in das breite Bett.

Sie trat zu ihr, warf den Morgenmantel auf den Sessel und legte sich zu der jungen Frau.

25. Kapitel

Mit der richtigen Motivation?

Das nervig piepsende Geräusch des Handyweckers holte Jolie aus dem Schlaf, sie setzte sich auf, schaltete das Nachtlicht an und blickte auf die zerzauste Haarpracht von Olivia herab, die neben ihr im Bett schlief und die Bettdecke fast bis zur Nasenspitze hochgezogen hatte.

So kalt war es doch aber gar nicht gewesen!

Oder hatten sie nur ihre gierigen Blicke irritiert und die Decke war als Schutz vor ihr vorgesehen?

Aber es war nichts zwischen ihnen gelaufen in dieser Nacht. Leider!

Sie hatten einfach endlos über alles Mögliche geredet. Über Freunde und Freundinnen, Ziele und Pläne, Träume und Wünsche. Wie zwei gute Freundinnen, die unkompliziert über alles plaudern wollten.

Stundenlang hatten sie völlig sorglos nur gequatscht und die fast zehn Jahre Altersunterschied hatten da gar keine Rolle gespielt.

Doch jetzt kam der Moment, wo sie die junge Frau wieder wecken musste, denn der Tag eines Models begann früh!

Sie beugte sich herab, küsste Olivia auf die Stirn und sagte laut: „Olivia! Aufstehen!"

Verschlafen und verwirrt schaute Olivia sie an und dieser Blick hätte wohl jeden Ausbilder bei der Armee erweicht, aber sie musste hart bleiben, um der jungen Frau neben sich zu zeigen, wie erbarmungslos das sein konnte, was sie sich am sehnlichsten wünschte.

Und natürlich auch, um sie aus dem Bett zu bekommen, ohne über sie herfallen zu müssen, denn dieser süße Welpenblick rührte gerade ihr Herz! Und so einiges mehr in ihr!

Doch abermals sagte der Verstand: Nein!

„Auf jetzt, du Langschläferin!", trieb sie Olivia an und setzte noch hinzu: „In fünf Minuten unten an der Treppe!"

„Jawohl!", stieß Olivia aus, warf die Decke von sich und rannte aus dem Zimmer.

Jolie blickte ihr einen Moment lang seufzend nach, dann sprang auch sie aus dem Bett, hastete zum Kleiderschrank und zog sich ihre Laufsachen an.

Sie machte langsam, um Olivia die nötige Zeit zu lassen, aber als sie an der Treppe ankam, stand die Frau schon dort und auch Thomas machte sich bereits neben ihr warm.

„Was machst du denn hier?", fragte Jolie überrascht nach.

„Ich wollte auch mal wieder etwas Sport treiben und würde gern mitkommen, wenn ihr zwei nichts dagegen habt", erwiderter er.

„Nein. Alles gut, oder wie siehst du das, Olivia?", fragte Jolie nach.

Olivia schüttelte den Kopf und damit war es einfach abgemacht.

Sie gingen die Stufen hinab, machten unten im Sand ein paar Lockerungs- sowie Dehnungsübungen und danach liefen sie zu dritt nebeneinander los.

Jolie lief in der Mitte und die beiden anderen neben ihr hielten ihr Tempo schnaufend mit. Für zwei praktisch ungeübte machten sie das ganz gut.

Der Timer im Handy zeigte diesmal nur auf 35 Minuten und sie wendeten, als er piepste.

Auf dem Rückweg lief sie etwas langsamer, da Thomas offenbar die Distanz unterschätzt hatte, er sich aber offensichtlich nicht die Blöße geben wollte, dass zwei Frauen ihm davonliefen.

Jolie nahm noch ein wenig Tempo fort und joggte gemächlich über den Strand.

Olivia folgte ihr leichtfüßig.

Thomas tapste mehr wie ein Bär hinterher.

In Sichtweite der Treppe, erneut an der kleinen Bucht, stoppte sie und machte ein paar Lockerungsübungen.

Ihre beiden Mitläufer taten es ihr nach, dann zog sich Jolie die Schuhe aus und erklärte: „Jetzt gehe ich noch ein Stück schwimmen. Wenn man schon mal am Meer ist und den Strand noch für sich hat!"

„Aber ich habe keine Badehose dabei!", entgegnete Thomas.

„Ich auch nicht! Was soll es?", erwiderte Jolie, zog sich das Lauftopp über den Kopf, streifte sich die Hose vom Leib und warf beides zu den Turnschuhen. Anschließend folgten noch Slip und Sport-BH.

Lachend rannte sie in die Brandung und erwartete dabei nicht, dass die beiden ihr folgten, doch sie war erst ein paar Meter geschwommen, da tauchten sie neben ihr auf.

In derselben Formation, in der sie zuvor gelaufen waren, schwammen sie ein kleines Stück in das wundervoll ruhige Meer hinaus. Es war einfach traumhaft und das Wasser war dieses Mal auch gar nicht so kühl.

In Anbetracht dessen, wie sehr Thomas noch kurz zuvor geschnauft hatte, wendete sie aber ziemlich schnell wieder und beließ es bei einem kurzen Ausflug auf die See.

Schließlich wollte sie Isa den Freund ja lebend zurückbringen!

Wenig später saßen sie zum Trocknen zu dritt nackt auf einer kleinen Wiesenfläche an der Düne.

Thomas blickte nur geradeaus auf das Meer vor ihnen und Olivia neben ihr hatte die Knie bis an die Brust gezogen und die Beine mit den Armen umklammert.

Es war sichtbar, dass sie sich ihrer Nacktheit schämte, aber Jolie hatte das wohl instinktiv so gewählt, um die Freundin eines weiteren Tests zu unterziehen.

Jolie lehnte sich zurück, stützte die Arme hinter sich ins Gras, blickte zu Olivia und begann: „Weißt du, Olivia, du musst für deinen Körper stehen und ihr zeigen wollen, sonst wird das nichts mit deinem Traum!"

„Aber auch nackt?", entgegnete sie zweifelnd.

„Manchmal", antwortete Jolie und sie sahen sich an.

„Warum möchtest du Model werden?", fragte sie jetzt unumwunden die junge Frau.

Olivia überlegte einen Moment und suchte wohl nach einer Antwort, aber das dauerte ihr einfach viel zu lange und daher setzte sie fort: „Wenn du es für das Geld und den Ruhm tun möchtest, dann wäre das fatal. Es gibt weltweit keine fünfzig Models, die davon sehr gut leben können. Sicherlich nicht mehr wie fünfhundert, denen das gut gelingt auf abertausende, die nebenbei kellnern, putzen oder anderweitig arbeiten müssen! Diese Branche ist ein Knochenjob und nur dann, wenn du es für dich selbst tust und um dich anderen zu zeigen, wirst du damit glücklich! Anderenfalls zerbrichst du daran!"

Olivia blickte sie fragend an. So hatte sie es wohl bisher noch nicht gesehen.

„Du hast doch diesen Werbespot erwähnt. Du weißt schon", begann Jolie abermals und fasste sich dabei so in die Haare, wie sie es damals vor der Kamera hatte machen müssen.

Olivia nickte.

„Was glaubst du, wie lange der Spot gedauert hat?"

„Einen Tag vielleicht?", gab Olivia ihr zurück.

„Der Film an sich war in zwei Stunden im Kasten, aber für alles Drum und Dran habe ich einen ganzen Monat gebraucht!", erzählte Jolie.

„So lange?", erwiderte Olivia.

„Ja! Vier Wochen vor dem Dreh waren die Mappen von fünfzig Models, die sich dafür beworben haben, in dem Stapel bei der Marketingagentur. Nach einer Woche waren davon dann noch zwanzig in der engeren Auswahl und durften sich vorstellen", erzählte Jolie, blickte in den Himmel und setzte dann fort: „Bei diesen Vorstellungen werden dir die unmöglichsten Fragen gestellt, auch intime Sachen. Deine Körbchengröße und ob du am geplanten Tag des Drehs deine Periode haben könntest, sind da noch die harmlosesten davon! Bei diesem Vorsprechen für den Spot musste ich mich auch komplett ausziehen!"

Olivia nickte und nahm die Arme vorn fort, die Knie blieben aber fest vor ihrer Brust.

Jolie seufzte. Das würde noch ein großes Stück Arbeit werden.

„Nach diesen Bewerbungen berät sich dann die Jury und eine Woche später waren dann noch fünf Models im Geschäft! Dann ging das weiter mit den Übungen und ich hatte das Glück, dass ich den Zuschlag bekam", berichtete sie weiter.

„Am Tage der Dreharbeiten war ich dann Stundenlang in der Maske und stand danach weitere zwei Stunden im fleischfarbenen Slip mit abgeklebten Nippeln vor vielleicht zwanzig Leuten im Studio. Ich wurde immer wieder mit Wasser eingesprüht und musste mir ein paar hundertmal lächelnd in die Haare greifen, bis die Wassertropfen auf meiner Schulter genau in der Art perlten, wie es dem Auftraggeber gefiel! Wenn du nicht wirklich deinen Körper zeigen willst, dann wirst du nie ein gutes Model!"

Olivia war jetzt noch viel nachdenklicher geworden.

26. Kapitel

Red Desire

$\mathcal{N}$och immer saßen sie zu dritt am Strand und ein paar Meter vor Jolies Zehen trafen die Wellen auf das Land. Ein laues Lüftchen wehte, es war angenehm, aber die Sonne hinter ihnen hatte noch nicht diese Kraft, die sie später am Tage sicherlich wieder haben würde, um die Tropfen schneller von ihrer Haut zu trocknen.

Olivia war stiller geworden und stierte soeben in sich gekehrt auf ihre Füße.

Aus den Gesprächen in der Nacht wusste Jolie, dass Olivia noch keinen Freund hatte und ihr erstes Mal Sex auch noch vor ihr lag.

Ein unschuldiger blonder Happen aus der Kleinstadt, gerade recht für den Wolf in ihr, doch der Verstand blockierte das Verlangen darauf!

Seit Jahren verschlang Olivia nach ihren Erzählungen alle Dokumentationen und Shows über Models und die Modebranche, aber vermutlich war ihr gerade jetzt erst so richtig bewusst geworden, dass die Jobs der Models nicht nur aus süß in die Kamera gucken und einem lockeren Augenaufschlag bestanden.

„Du machst das aber ziemlich gut, dich zu zeigen", setzte ihr jetzt Thomas von der anderen Seite aus entgegen.

Jolie drehte ihm ihr Gesicht zu und blickte ihn direkt an. Noch immer saß er nackt neben ihr und sie war mit ihrer Aufmerksamkeit die ganze Zeit bei Olivia gewesen.

Es mochte für Olivia sicherlich etwas seltsam sein, dass praktisch neben ihr auch ein nackter Mann saß, aber es hatte sich so ergeben und Jolie war eigentlich ganz dankbar dafür.

Sie musterte ihn jetzt und es war ihm deutlich anzumerken, dass er sich ebenfalls etwas unwohl in dieser Situation fühlte.

Die Geheimagentin in ihr jubelte, denn so war es auch ganz gut für sie zu sehen, wie er sich in Anwesenheit zweier nackter Frauen aufführte.

Er reagierte mit einer gewissen Scheu und hatte seine Hände etwas seltsam vor seiner Leibesmitte verschränkt, um nicht zu viel von sich zu zeigen.

Eventuell war es normal, wie die beiden anderen sich benahmen und unnormal, was sie soeben tat.

An sich herunterblickend erkannte sie erst wirklich, wie sie neben ihm saß: Die Arme immer noch hinten aufgestützt, die Beine lang ausgestreckt und leicht geöffnet.

Unbeabsichtigt bot sie ihm somit die volle Sicht, auf ihre unbekleidete Vorderseite und diese

Position, mit durchgedrücktem Rücken, ließ ihre Brust noch ein kleines wenig größer erscheinen, als sie es sowieso schon war.

Allerdings sah sie sich damit jetzt auch genötigt, ihm ihr Verhalten zu erklären.

„Weißt du, Thomas, eigentlich wollte ich mal Lehrerin werden. Ich war ziemlich gut in Sport, deutsch, französisch und Geschichte und habe mein Abi mit Auszeichnung gemacht. Meinem Vater zuliebe habe ich dann allerdings ein Kunststudium begonnen, aber ich war lausig! Unzufrieden mit mir selbst habe ich es so richtig knallen lassen, mit all dem, was einen schnell und zuverlässig zerstören kann: mit ungezügeltem Sex, Partys ohne Ende und maßlosem Alkoholkonsum!"

„Hast du daher deinen Spitznamen Red Desire?", fragte Olivia.

„Nein! Den hat mir Tina erst sehr viel später gegeben", entgegnete Jolie und setzte mit ihrer Erzählung fort: „Irgendwann habe ich dann mal für meine Kommilitonen Model gestanden und habe bemerkt, dass das genau das war, was ich wollte! Ich habe mich danach um kleine Jobs bemüht und mit dem ersten großen Auftrag habe ich das Studium abgebrochen. Mein Vater redet seitdem nicht ein Wort mehr mit mir. Er denkt, dass dieses herumwandern und in die Kamera lächeln keine richtige Kunst ist, aber er irrt gewaltig! Es ist Körperkunst und ich liebe es!"

„Red Desire?", fragte Thomas lächelnd nach.

Jolie nickte ihm zu.

„Irgendwie passt das zu dir!", bemerkte er.

„Mach dir keine falschen Hoffnungen. Du weißt ja, ich stehe auf Frauen", setzte sie zwinkernd hinzu.

Das Handy piepste und sie blickte auf die Anzeige.

„Wir sollten uns jetzt anziehen, duschen gehen und dann zum Frühstück. Ich würde heute gern eine Fahrradtour machen. Habt ihr beide Lust dazu?", fragte sie.

„Gern", erklärte Olivia und griff sich schnell ihre Sachen.

„Nach der Weiterbildung hätte ich auch nichts dagegen", bemerkte Thomas.

„Ok, dann übe ich so lange mit Olivia am Pool und danach brechen wir auf!"

Flink zogen sie sich an und eilten dem Hotel zu.

Nach der Weiterbildung erschien Thomas am Pool und das war das Zeichen für den Aufbruch.

„Umziehen und fertig machen. Anzugsordnung: legerer Freizeitlook. Zeit: fünf Minuten!", sagte Jolie zu Olivia.

Die junge Frau hastete davon, denn auch das war Teil der Ausbildung.

Jolie ging ihr langsam nach und stand in der von ihr geforderten Kleidung, mit ärmellosem

Top und Hotpants, an der Rezeption, als Olivia von oben gerannt kam.

Thomas hatte schon drei Räder reserviert und somit zogen sie zusammen los.

Sie fuhren langsam über Feldwege und Jolie ließ die warme Sonne auf sich scheinen. Es war ein wundervoller sonniger Tag.

Irgendwann machten sie ein Picknick und Thomas hatte an alles gedacht. Die Decke wurde ausgebreitet und der Korb gab allerlei Leckereien her.

Wie drei gute Freunde, die sich schon ewig kannten, lachten, sangen und scherzten sie miteinander. Und Thomas zauberte von irgendwoher eine Mundharmonika hervor. Er war wirklich ein Traum von einem Freund! Für Isa!

Jolie genoss den wundervollen Ausflug.

Das war der erste richtige Urlaubstag seit Jahren und Jolie war einfach nur glücklich.

Auf der Rückfahrt fragte Thomas sie plötzlich, ob sie am Abend noch zum Tanzen ausgehen wollten.

„Da müsst ihr zwei aber ohne mich hin", erklärte Olivia von der Seite.

Diese Menschenscheu musste die Freundin unbedingt noch ablegen, aber sie ließ sich leider nicht in ihrer Vorstellung beirren. Es war noch ein sehr langer Weg für sie, aber Jolie wollte sie gerade nicht zu ihrem Glück zwingen!

„Dann machst du heute Abend deine Übungen, wie ich es dir gezeigt habe und ich prüfe das morgen ab. Faulenzen kannst du dir nicht mehr leisten, wenn das Modeln dein Traum sein soll. Ich musste das auch erst mühevoll lernen", gab Jolie ihr schließlich zurück.

Olivia nickte und versprach dies.

Nachdem sie die Fahrräder zurückgegeben hatten, gingen sie auf ihre Zimmer, um sich für den Ausflug frisch zu machen.

Eine knappe Stunde später trafen sie sich erneut unten in der Lobby des Hotels und da sie ja als Freunde ausgingen, trug Jolie eine kurze Hose und ein T-Shirt.

Olivia bestätigte noch einmal ihre Aufgaben, danach stiegen Jolie und Thomas in das vor dem Hotel wartende Taxi.

„In der Form, wie du Olivia versuchst, etwas beizubringen, wärst du sicher eine sehr gute Lehrerin geworden", erklärte er ihr und rutschte näher an sie heran.

Er trug dieses Mal einen wundervollen Duft an sich und hatte ebenfalls eine lockere Freizeitkleidung gewählt.

Seine Nähe fühlte sich erneut sehr gut an!

Das Taxi brachte sie zu einer Disko in einem Dorf.

Bereits auf dem Parkplatz davor war die Musik laut zu hören und Jolie beschloss, an diesem Abend einfach nur etwas Spaß zu haben.

Das übergenaue und fest auf den Willen fixierte Topmodel konnte mal einen Tag Ruhepause machen.

An Thomas' Hand betrat sie die schummrige Diskothek und es war wie ein Flashback zu den Zeiten, als sie im Studium manche Nacht einfach nur durchgemacht hatte.

Sogar die Musik schien noch aus jener Zeit zu stammen und sie tanzten fast jede Runde.

Thomas führte sie erstaunlich gut und erneut beneidete sie Isa um diesen Fang.

Sie unterhielten sich auch an der Bar und sie fühlte sich dabei immer mehr in diese alte Zeit ohne Sorgen hineinversetzt.

Es gab Rum-Cola wie früher und sie stießen an, lachten, tanzten und amüsierten sich beide prächtig.

27. Kapitel

Sex und Liebe

Der Abend war über die kleine Stadt gekommen und Tina saß mit einem Glas sehr guten Rotweins auf ihrer Couch. Isa war ebenfalls gerade eingetroffen, hatte Jolies Gemälde mitgebracht und sich soeben neben ihr niedergelassen.

Sie hatten das Bild so aufgestellt, dass sie es beide sehen konnten und stießen mit dem Wein an.

Es war schon fast ungewöhnlich, dass sie beide noch vollständig bekleidet waren. Vor ein paar Tagen war Isa noch so scheu gewesen und dieser Tag hatte mit einem gemeinsamen Orgasmus begonnen.

„Du bist wirklich eine große Künstlerin!", erklärte sie und deutete auf das Bild.

„Das bist du doch auch", entgegnete Isa und zog das Foto aus ihrer Handtasche, mit dem alles begonnen hatte, und das sie in derselben göttlichen Pose zeigte.

„Nein, Isa, du bist in beiden Fällen die Künstlerin! Du hast sowohl das Gemälde als auch das Foto aus deinen innersten Gefühlen heraus geschaffen!"

Isa wiegte den Kopf hin und her und schien zu überlegen, darum setzte Tina fort: „Schau hin! Was habe ich getan? Im richtigen Moment auf den Auslöser gedrückt! Sonst nichts!"

„Na, wenn du meinst?", entgegnete Isa zweifelnd.

„Was meinst du, würde Jolie sagen, wenn sie das von uns wüsste?", fragte Isa jetzt, vermutlich um dem Gespräch eine andere Richtung zu geben.

„Sie weiß es! Ich habe es ihr vorhin gesagt!", entgegnete Tina und sah, dass Isa der Unterkiefer herunterklappte. „Oder hättest du es ihr mitteilen wollen? Schließlich ist sie ja deine alte Freundin", erklärte Tina und stellte das Glas auf dem Couchtisch ab.

Isa schüttelte den Kopf.

„Weißt du, Isa, wir sind da ziemlich offen in der Beziehung, aber wir sagen uns immer alles. Das macht eine Partnerschaft doch aus: Vertrauen und Verständnis!"

„Und Liebe?", fragte Isa.

„Die selbstverständlich auch", pflichtete Tina ihr zu, lehnte sich zurück und begann zu erklären: „Liebe und Sex muss nicht dasselbe sein. Es ist schön, wenn es zusammen passiert, aber es gibt gelegentlich auch Sex ohne Liebe! Manchmal muss das einfach raus und da gibt es dann kein Halten mehr!"

„Was war das dann bei uns?“, erkundigte sich Isa vorsichtig.

„Freundschaft und Sex! Freundschaft plus sozusagen! Was war es für dich?“

„Mitunter eine Art von Unterricht!“, gab Isa ihr zurück.

„Ähm“, entfuhr es Tina.

Isa hob abwehrend die Hand und sagte schnell: „Das war nicht böse gemeint! Es war wirklich wundervoll und ich habe von dir eine Menge über meinen eigenen Körper gelernt!“

„Das wird dir in deiner Beziehung in Zukunft helfen! Jetzt, da du deine eigenen geheimsten Bedürfnisse kennst, wird das Zusammentreffen mit deinem Mann um so vieles schöner werden, als es bisher war!“, entgegnete Tina.

„Jawohl, Frau Professorin!“, bemerkte Isa mit einem Schmunzeln.

„Nein! Wirklich! Was glaubst du, wie viele Frauen nicht wissen, was ihnen gefällt und daher nur still und stumm da auf dem Rücken liegen, während der Mann sich bemüht, irgendeine Regung aus seiner Partnerin zu bekommen?“

„Wie war das da bei euch beiden? Wusstet ihr vorher schon alles, oder habt ihr zusammen weiter gelernt?“, erkundigte sich Isa neugierig.

„Wir lernen immer noch mehr dazu“, gab Tina ihr zurück und nahm einen Schluck von dem vorzüglichen roten Wein.

Isas fragende Augen zwangen sie jetzt, eine Geschichte aus der Anfangszeit ihrer Beziehung zu erzählen. „Jolie hat mich mal auf ein Bett gefesselt und so lange einfach nur mit einer Feder gestreichelt, bis ich sie angefleht habe, mich endlich kommen zu lassen!"

„Wirklich? Das sieht ihr gar nicht ähnlich!"

„Doch! Definitiv! Jedes Mal war ich kurz davor und sie hat einfach aufgehört. Dann hat sie gewartet und von vorn begonnen. Ich konnte mich nicht rühren und habe schließlich gejammert, gebettelt und geschrien, bevor mich Jolie endlich über die Klippe geschubst hat!"

„Wirklich?", fragte Isa noch immer ungläubig.

„Es war gigantisch und durch nichts zu beschreiben!"

„Vielleicht sollte ich das auch mal ausprobieren!"

„Seile sind noch irgendwo und eine Feder findet sich sicherlich auch noch in einer der Schubladen!", entgegnete Tina.

„Mit meinem Freund!", antwortete Isa.

„Auch gut! Der hiesige Baumarkt hat ein gutes Sortiment!", erklärte Tina.

Isa zog fragend die Augenbrauen hoch.

„Was glaubst du wohl, warum unser Bett solch stabile Eckpfosten hat!", erzählte Tina und musste über Isas Gesichtsausdruck lachen.

„Das hätte ich bei Jolie nicht gedacht!", erklärte sie.

„Sie selbst mag das ja auch nicht! Sie ist da immer mehr der gebende Part, denn sie muss auf ihren Körper aufpassen! Die Striemen kann man manchmal nur schwer überschminken!"

„Und ich habe sie auf Thomas gehetzt! Wenn ich das nur vorher gewusst hätte!", seufzte Isa augenblicklich.

„Keine Sorge, sie hat die Peitsche hier gelassen!", entgegnete Tina und sie beide mussten anschließend herzhaft darüber lachen.

„Aber noch mal zurück zur Liebe!", begann Tina und setzte dann hinzu: „Liebe ist mehr, als nur ein kurzer Hauch der Zärtlichkeit. Die Liebe ist zugleich Sehnsucht und auch Schmerz. Sie reißt Wunden auf und heilt diese auch wieder, wenn aus ihr heraus ein tiefes Vertrauen entsteht. Liebe ist Glauben, Zuversicht und Nähe. Du musst sie nur zulassen. Sie ist so unendlich vieles mehr, als nur miteinander zu schlafen!"

„Sie kann für die Ewigkeit sein!", sagte Isa versonnen.

„Und darüber hinaus!", erläuterte Tina.

„Weißt du, Isa, wenn Liebe in ihrer reinsten Form mit Sex in seiner wildesten Ausführung verschmilzt, dann kann dabei etwas entstehen, was das Universum in seinen Grundfesten erschüttern lassen kann! Da wird solch eine Urgewalt geweckt, dass dabei zwei Seelen eine neue Sonne zünden können!", wisperte Tina.

„Das klingt gewaltig!", antwortete Isa.

„Das ist es auch! Es gibt nichts im Kosmos, was stärker wäre, als wenn sich zwei Seelen und zwei Körper gefunden haben und im Punkt des gemeinsamen Orgasmus miteinander verschmelzen!"

„In der Form, wie bei uns beiden heute Morgen?", fragte Isa nach.

Tina winkte ab und erklärte: „Das war nur körperlich! Ein Seelenorgasmus ist noch tausendmal intensiver!"

„Wahrhaftig?", fragte Isa zweifelnd.

„Ja! Vertraue mir!"

„Wo sind die Seile?", fragte Isa und schmunzelte.

„Du nimmst mich nicht ernst!", nörgelte Tina herum und nahm noch einen Schluck von dem wohlschmeckenden Wein.

„Für solch ein göttliches Getränk könnte man auf fast alles andere verzichten", seufzte Tina und blickte in das jetzt leere Glas.

„Auch auf den Sex?"

„Fast alles! Richtiger Sex ist noch tausendmal besser als das hier!", entgegnete Tina und hob den Weinkelch an.

Isa nahm die Flasche und goss noch einmal ein.

„Und Wein mit Sex?", fragte Isa anschließend.

Tina nickte und antwortete: „Da geht kaum
noch was drüber, zumindest für mich. Eines
eventuell noch..."

„Was?", erwiderte Isa.

„Wein, Liebe und Sex!", erklärte Tina.

„Als deine gelehrige Schülerin kann ich dir
bedauerlicherweise nur mit zwei von drei Dingen
behilflich sein, aber Wein, Sex und Freundschaft
ist doch ziemlich dicht dran. Oder?"

„Verdammt nah am Himmel!", entgegnete
Tina und beugte sich vor.

Isa öffnete ihr Haar, schüttelte es graziös auf
und kam ihr mit dem Kopf entgegen.

Ein Rest von diesem köstlichen Tropfen auf
ihren so verführerischen und roten Lippen ver-
süßte den folgenden Kuss noch viel mehr.

28. Kapitel

Das Grauen am Morgen

Das obligatorische Piepsen des Weckers holte Jolie aus dem Schlaf, nur heute war es dröhnend laut in ihrem Kopf. Sie zuckte hoch, drückte sofort die Aus-Taste und blickte sich um.

Umgehend stutzte sie, denn das war nicht ihr Zimmer!

Mit Erschrecken stellte sie fest, dass sie nackt war und Thomas ebenfalls unbekleidet im Bett neben ihr auf dem Rücken lag und laut schnarchte.

Was war nur geschehen? Warum war sie hier?

Die Party vom Abend zuvor fiel ihr jetzt wieder ein und momentan versuchte auch noch ein Specht, sich durch ihren Schädel nach draußen zu arbeiten.

Den schmerzenden Kopf in beide Hände gestützt versuchte sie, das Chaos darin ein wenig zu sortieren.

Langsam kam das Körpergefühl zurück! Und damit auch die Erkenntnis, dass sie nicht nur neben Thomas, sondern mit ihm geschlafen hatte!

Das hätte nicht passieren dürfen!

Nie, niemals und unter keinen wie auch immer gearteten Umständen!

Trotz Gliederschmerzen aus der Hölle sprang sie aus dem Bett, sammelte auf dem Weg zur Tür ihre Sachen auf, warf sich das T-Shirt über den nackten Leib und rannte in ihr Zimmer hinüber.

In ein paar Minuten würde Olivia unten auf sie warten, um mit ihr zu joggen, aber sie musste hier fort!

Jolie wusste: Wenn sie Thomas jetzt noch einmal unter die Augen trat, dann würde alles zerbrechen!

Sie brauchte eine Lösung für Isa, Tina, Olivia, Thomas und für sich selbst. Die für Olivia aber zuerst!

Barfuß eilte sie auf den Balkon und blickte hinab. Gerade ging die Freundin unter ihr gähnend am Pool vorbei zum Treppenanfang hinüber.

„Olivia! Komm hoch!", sagte sie leise, aber so laut, dass die junge Frau es unten hören konnte.

Sie blickte zu ihr herauf, nickte und wandte sich wieder zurück zum Hotel.

Was kam als Nächstes?

Augenblicklich benötigte sie eine akzeptable Lüge für ihre Schülerin.

Ohne den nervigen Specht arbeitete ihr Verstand wieder einigermaßen klar.

Fieberhaft überlegte sie eine Ausrede, aber es dauerte nicht lange, bis Olivia klopfte.

Jolie eilte zur Tür, bat die Freundin in den Raum und erzählte: „Es tut mir leid, aber heute können wir nicht laufen! Meine Managerin hat mir eine Nachricht geschrieben. Ich muss zu einem Shooting nach Mailand, und zwar heute schon! Sofort! Hilfst du mir beim Packen?"

Olivia nickte und ging zum Schrank.

Schnell waren alle Sachen in dem Koffer verstaut, Jolie warf sich ein leichtes Sommerkleid über und drückte Olivia danach ein paar ihrer hochhackigen Schuhe in die Hand.

„Bitte übe damit, und rufe mich an. Wenn ich nicht gleich rangehen kann, dann rufe ich dich später zurück. Mach bitte weiter deine Übungen und in einer Woche bin ich dann zu Hause. Ich hatte dir ja meine Adresse gegeben!"

„Ja! Danke, mache ich", entgegnete Olivia und umarmte sie.

„Jetzt schnell", drängte Jolie zur Eile, damit sie nicht doch noch eventuell mit Thomas auf dem Gang zusammentreffen würde.

Zu zweit eilten sie über die noch leere Treppe zur Rezeption hinunter.

„Ich möchte auschecken und brauche meinen Wagen", sagte sie angespannt zu der Angestellten hinter dem Tresen.

Schnell war die Rechnung beglichen und sie ging mit Olivia zum Ausgang, vor dem Luigi gerade den Silberpfeil parkte.

„Bitte melde dich. Ja?", sagte Jolie.

„Versprochen! Und jetzt werde ich laufen", entgegnete Olivia.

Während Jolie den Wagen startete, ging Olivia zur Treppe. Von dort aus winkte sie noch einmal, bevor Jolie aus der Einfahrt auf die Straße bog.

Sie fuhr bis zum Ende der Siedlung und danach noch ein kleines Stück, bevor sie das Cabrio in der Einfahrt eines Feldweges stoppte, ausstieg und sich auf eine kleine Böschung daneben setzte.

Bisher war sie stark gewesen und hatte für Olivia abermals eine Rolle gespielt, doch jetzt brach das Grausen so richtig über ihr zusammen.

„Was habe ich bloß getan!", stieß sie verzweifelt aus.

Sie stützte den Kopf in die Hände und die Ellenbogen auf die Knie. Die ganze Tragweite ihrer Verfehlung stürzte augenblicklich mit Macht über sie herein: Sie hatte Isa und auch Tina betrogen!

Und sie hatte mit einem Mann geschlafen!

Der Alkohol in der Disko hatte ihre jahrelang geübte Kontrolle zerbrochen und die alte Jolie hervorgeholt, die sich einfach rücksichtslos alles nahm, was sie nur kriegen konnte.

Der Kummer überrollte sie mit voller Wucht.

Hemmungslos weinte sie am Straßenrand. Schluchzend überlegte sie hin und her, was sie noch tun konnte.

Es Isa und Tina beichten?

Richtig wäre es, aber es würde zwei Partnerschaften zerstören.

Oder zumindest ganz sicher die von Isa und Thomas. Tina würde den Fehltritt eventuell verzeihen können, wenn sie es ihr jetzt gestand.

Jolie zog das Handy, steckte es aber sofort wieder fort, denn das musste persönlich geklärt werden!

Es war eine verdammt dumme Idee gewesen, sich aus Isas Plan einzulassen.

Sie hatte es gewusst und war dennoch sehenden Auges in die Falle getappt!

Sie schniefte in ein Taschentuch und überlegte, was geschehen war. Bruchstückhaft setzte sich der vergangene Abend vor ihrem inneren Auge wieder zusammen: Sie hatten getanzt, gelacht und einfach nur Spaß gehabt.

Mit dem Taxi waren sie wieder ins Hotel gefahren und dann war da dieser Kuss im Flur gewesen. Es sollte wiederum nur ein Abschiedskuss für die Nacht werden und doch hatte er in ihr eine Art von Schalter umgelegt.

Sie hatte Thomas regelrecht in sein Zimmer gedrängt, gegenseitig hatten sie sich die Kleidung vom Leib gerissen und waren wie ausgehungerte Tiere hemmungslos übereinander hergefallen.

Ohne Verstand hatte sich ihr Körper einfach genommen, was er hatte haben wollen! Und es war schön gewesen. Verdammt schön!

Aber eben auch grundfalsch!

Es konnte alles zerstören!

Und was sollte sie jetzt tun?

Jolie überlegte hin und her, kam aber nur zu der Erkenntnis, dass sie jetzt erst einmal nicht zu Tina konnte!

In ihrem derzeitigen desolaten Zustand würde sie alles sofort zerstören, wofür sie Jahre gebraucht hatte, um es sich aufzubauen. Zuerst benötigte sie etwas Abstand von dem Desaster!

Jolie wischte sich die Tränen fort, schnäuzte abermals in ein Taschentuch und blickte zu ihrem Flitzer hinüber.

Als Erstes würde sie ein paar Tage in Mailand untertauchen und warten, bis sich der Sturm in ihrem Inneren gelegt haben würde.

Sie brauchte unbedingt Zeit und Ruhe, um sich über alles klar zu werden, alles, was war, was ist und was damit jetzt werden würde!

Mühsam erhob sie sich und schlurfte zu ihrem Sportwagen hinab. Sie startete den Motor, bog auf die Straße ab, der Wagen beschleunigte und sie fuhr ihrem nächsten Ziel entgegen.

Vielleicht konnte die Stadt der Mode sie von ihrem Katzenjammer erlösen. Shopping aus Frust war zwar keine Lösung für das Problem, aber es konnte sie zumindest davon für eine Weile ablenken.

Es würde etwas mehr als vier Stunden dauern, bis sie in der großen Stadt angekommen war. Oder nur eine, wenn sie den Motor richtig ausfahren würde, aber dazu war sie gerade nicht fähig.

Das langsame Fahren gab ihr mehr Zeit zum Nachdenken.

Sie hatte an diesem Tag sicherlich das langsamste Fahrzeug auf der Autobahn und sogar ein LKW überholte sie hupend.

Am Stadtrand von Mailand kannte sie eine kleine Herberge, in der sie auch schon ein paar Mal genächtigt hatte, als sie für kleinere Jobs hier gewesen war.

Und es war auch nicht jene, in der sie im Jahr zuvor mit Tina gewesen war. Das würde nur zu große Wunden aufreißen!

Das würde die Stadt eventuell trotzdem tun, aber die Herberge lag ja etwas außerhalb der Innenstadt!

Da konnte sie hoffentlich zur Ruhe kommen und nachdenken und daher lenkte sie das Fahrzeug dorthin, checkte ein und brachte den Koffer auf ihr Zimmer.

Im Gang traf sie auf Melissa, die das Zimmer neben ihr hatte. Das schwarzhaarige Model war ihr aus vergangenen Aufträgen gut bekannt und sie begrüßten sich herzlich.

„Weißt du, Jolie, ich bin gerade bei einem Job und mache Fotoaufnahmen. Eines der anderen Models, die Nummer zwei, ist gestern krank geworden. Möchtest du nicht dafür einspringen?", fragte Melissa.

Hier bot sich ihr die Chance, abzuschalten und sich auf die wohlbekannte Arbeit zu konzentrieren. Und ein wenig Geld gab es auch noch.

Aber hatte sie nicht zuvor noch eigentlich über alles nachdenken wollen?

Der Zufall wollte es wohl anders und warum sollte sie da nicht zuschnappen?

Schnell sagte Jolie zu, brachte den Wagen zur Autovermietung zurück und schlenderte durch die Stadt zum Treffpunkt mit Melissa hinüber.

Noch immer war der Kummer in ihr, aber jetzt hatte sie erst mal eine Aufgabe, die sie ganz fordern würde.

In der folgenden Nacht würde dann sicherlich erneut die Seelennot über ihr zusammenbrechen.

Und die Bilder der letzten Nacht auch.

Es war schön gewesen und es war furchtbar gewesen!

Und Jolie hasste sich selbst dafür, was sie getan hatte. Aber ein kleiner Teil in ihr war auch glücklich darüber, dass sie es getan hatte.

Das war vermutlich der alte Teil von ihr, die kleine Studentin, die sie früher gewesen war.

29. Kapitel

Sind die Zweifel zerstreut?

Jolie hatte ihr gegen Mittag mittels einer SMS berichtet, dass sie die Mission abgebrochen hatte und sich auf dem Weg nach Mailand befand.

Seitdem hatte Isa diese kurze Nachricht bestimmt schon zwanzig Mal gelesen, aber so richtig verstanden hatte sie es noch immer nicht.

In den letzten Tagen hatten sie mitunter Stundenlang telefoniert und sich über Italien und Thomas unterhalten und jetzt hatte die Freundin es geschafft, den Gesamtbericht auf nicht mal 100 Zeichen zu komprimieren.

Nur das Nötigste, oder war sie so sehr in Eile gewesen, dass es nicht für ein kurzes Telefonat gereicht hatte?

Laut dem Navi war der Weg bis Mailand selbst in Jolies Superflitzer mindestens eine Stunde lang und die Freundin hatte sicherlich auch eine Freisprechanlage im Wagen. Es wäre ihr doch ein leichtes gewesen, während der Fahrt mit ihr zu reden!

Jedenfalls sagte dieser Abbruch der Mission wohl, dass es Jolie, der fleischgewordenen Göttin der Liebe und Verführung, nicht gelungen war,

Thomas zu umgarnen und zu irgendeiner unüberlegten Handlung zu verleiten.

Damit war dann wohl auf jeden Fall erst mal Thomas' Treue bestätigt und der Zweifel an ihm ausgelöscht.

Und was kam jetzt?

Zumindest kam erst mal Tina mit zwei ihrer Studentinnen, setzte sich an einen der Tische im Café und bestellte vier Cappuccino.

Das war wohl die wortlose Einladung dafür, dass sie sich dazusetzen sollte. Auch heute war nicht viel los und Ramona würde in etwa einer Stunde wieder übernehmen.

Die Milch schäumte in die Tassen und Isa balancierte das Tablett zum Tisch hinüber.

Wie immer ging es um Kunst, aber Tina bezog sie dieses Mal einfach mit ein. Sie fragte nach Perspektiven und Blickwinkeln und es entspann sich ein interkultureller Disput zwischen Malerei und Fotografie.

Die Unterhaltung wurde immer leidenschaftlicher und als Ramona eintraf, setzte sich auch diese dazu. Ihr abgebrochenes Studium zur Modedesignerin erweiterte jetzt das Spektrum und schon bald saßen zwei Dutzend Frauen und Männer auf der Terrasse und redeten bei Kaffee, Kuchen und Wein über Kunst.

Tina referierte mitunter so hitzig, dass Isa jetzt auch wusste, warum sie die Professur angenommen hatte. Tina war hier gerade die älteste

Rednerin und an den Tischen wurde soeben mehr über Kunst und die verschiedenen Facetten davon gelehrt und gelernt, als die anderen Professoren womöglich im bisherigen Studienjahr hatten vermitteln können.

Mit dem Abend löste sich dann die Runde langsam auf und zum Schluss saßen Tina und Isa alleine am Rande des Sitzbereiches.

Ramona organisierte eine alte Flasche Wein aus den Tiefen ihres privaten Weinkellers, setzte sich danach wieder zu ihnen und daraufhin stießen sie zu dritt auf die Kunst an.

Tinas Handy brummte und darauf erschien ein Bild von Jolie bei einem Shooting irgendwo an einem Kanal. Die Freundin war perfekt gestylt und trug nur einen Hauch von nichts auf der sonnengebräunten nackten Haut.

Der Augenaufschlag und die Körperhaltung hätten wohl dafür gesorgt, dass jeder Mann sofort losgerannt wäre, um diese Göttin zu erobern.

Thomas hatte standgehalten!

„Da ist ein trauriger Ausdruck um ihre Augen", seufzte Tina.

„Wo?", fragte Isa und beugte sich weiter vor.

Tina zog das Bild größer. Es war wirklich nur schwer zu erkennen, aber vielleicht hatte Tina einfach den besseren Blick.

„Woran kann das liegen? Sie macht doch gerade das, was sie wollte. Oder?", erkundigte Isa sich, um es besser zu verstehen.

„Na ja, eigentlich schon, aber in der Modebranche kannst du die Jobs nicht ablehnen. Da musst du einfach zuschnappen, wenn sich dir eine Chance bietet! Der Urlaub hat ihr sicher gut gefallen. Und dann war da diese kleine Maus, Olivia, ich weiß nicht, ob da was zwischen den beiden gelaufen ist, aber die Trennung von ihr scheint Jolie offenbar nicht leicht gefallen zu sein!"

„Olivia?", entgegnete Isa.

Tina suchte ein weiteres Bild und zeigte es ihr. Jolie war darauf im Bikini mit einer anderen Frau, die auch sehr hübsch war, am Pool im Hotel zu sehen.

Davon hatte die Freundin ihr in den vergangenen Tagen nichts gesagt. War Jolies Augenmerk eventuell die ganze Zeit getrübt gewesen?

Der Zweifel an Thomas' Treue, der gerade noch verstummt war, war jetzt wieder zurück.

Oder sollte sie einfach vertrauen haben? Wäre Jolie wirklich so unaufmerksam gewesen, dass sie nichts anderes wahrgenommen hätte?

Die Eskapaden der anderen Männer waren ihr ja auch nicht entgangen und die Empfängerin des Ringes hatte sie auch recherchiert. Sogar mit Bild und das Internet hatte ihre Aussage dabei wirklich bestätigt. Thomas' Bruder hatte tatsächlich ein kleines Restaurant in der italienischen Stadt und dass er nicht davon erzählt hatte, bekräftigte nur Jolies Erkenntnisse, dass er den Bruder erst vor kurzem wiedergefunden hatte.

Aber wie es auch immer war, sie mussten nach seiner Rückkehr unbedingt ein paar Dinge ändern!

Vertrauen und Wahrheit waren die Grundlage ihrer Beziehung. Und jetzt fiel ihr ein, dass sie immer noch eine Geschichte dafür brauchte, falls Thomas und Jolie in dieser Stadt mal irgendwo aufeinandertreffen würden.

Bei ihrem Glück würde Jolie vermutlich gerade bei ihr im Atelier Model sitzen, wenn Thomas mal früher von der Arbeit kam.

Das konnte dann brenzlig werden.

Jemanden wie Jolie vergaß kein Mann wieder, wenn er leibhaftig auf sie getroffen war.

„Ach! Der ist aber auch süß!", unterbrach Tina ihre Gedanken und riss sie aus den Grübeleien.

Jolie hatte ein neues Bild geschickt. Ein junger Mann mit ihr Arm in Arm und ihre Augen strahlten dabei.

„Alessandro! Ein echtes Schnuckelchen", sagte Ramona bewundernd, die gerade die zum Bild gehörende Nachricht las.

„Jolie hat also auch Interesse an Männern?", fragte Isa überrascht.

„Scheint so! Sie sieht sehr interessiert aus und dieser fesche Italiener ist doch zum Anbeißen!", bestätigte jetzt auch Tina und öffnete ein zweites Bild, das nur ihn alleine zeigte.

Damit waren aber auch neue Bedenken da. Hatte Isa bis gerade eben noch geglaubt, Jolie hätte sich dem eventuell aufkommenden Begehren von Thomas auf alle Fälle verweigert, weil sie ja auf Frauen stand, war sie sich dessen jetzt nicht mehr ganz so sicher.

Zum Glück war da aber nichts gelaufen, weil Thomas ihr treu war!

Isa nahm einen großen Schluck von dem Rotwein und alleine bei dem Gedanken daran, was sich hätte ereignen können, rieselte es ihr heiß und kalt den Rücken herab.

Ihr unbedacht ausgesprochener Auftrag hätte sie um ein Haar um Freundin und Freund gebracht!

„Das wird sicher eine heiße Nacht in Mailand!", erzählte Tina und lachte dazu.

Isa war es im Moment nicht zum Lachen zumute.

Ab jetzt half nur noch reden und vertrauen. Wenn sie Thomas halten wollte, dann musste sie ihm alles sagen, aber der Treuetest würde ein gut gehütetes Geheimnis zwischen ihr und Jolie bleiben.

Hoffentlich!

30. Kapitel

Leben mit der Konsequenz?

Passiv setzte sich Jolie in Szene, um dem Kameramann einen neuen Blickwinkel auf sich anzubieten. Nach außen hin wirkte sie hoffentlich souverän, aber in ihrem Inneren brodelte es gewaltig!

Gegenwärtig war es mitten in der Nacht und damit fast genau 24 Stunden nach dem fatalen Fehler, den sie begangen hatte.

Spärlich bekleidet lehnte sie an einer Brüstung, die den Naviglio Grande, den ältesten Kanal Mailands, umgab und eigentlich war es ihr so zumute, als müsse sie sich dort hinabstürzen, wenn das etwas gebracht hätte.

Aber der Fall wäre nicht tief genug und das Wasser sicherlich auch nicht. Unzählige Menschen standen um sie herum und der Sprung würde ihr daher vermutlich nichts nutzen.

Melissa löste sie auf ihrer Position ab und Jolie trat zu dem kleinen Tisch, auf dem noch ihre Tasse stand.

Innerlich war sie völlig zerrissen. Einerseits hatte es ihr gefallen, mit Thomas zu schlafen und andererseits regte sich dabei ihr Gewissen, weil sie dadurch die Freundin betrogen hatte.

Es war ja ihre Aufgabe gewesen, es nicht zu tun. Oder sollte sie einfach Isa sagen, dass Thomas mit ihr geschlafen hatte?

Genaugenommen wollte Isa es ja wissen und hatte sie daher doch auch nach Italien geschickt. Andererseits war sie ja auch der treibende Keil gewesen! Ohne den Kuss, die Disko, den Alkohol und ihren stürmischen Überfall auf Thomas wäre eventuell gar nichts geschehen!

Seufzend blickte sie auf den nächtlichen Kanal hinaus. Wo war die alte Jolie, die sich um so etwas keinerlei Gedanken gemacht hatte? Sie hatte einfach mit allen Sex gehabt, die es wollten!

Aber das war früher gewesen!

Sie war doch jetzt vernünftig und hatte ihr Glück mit Tina gefunden.

Wäre es nur ein bisschen mehr Schnaps gewesen, so hätte sie alles darauf schieben können. Doch so? Sie war in der vergangenen Nacht noch so nüchtern gewesen, die Konsequenzen zu kennen! Und dennoch hatte sie es getan!

„Dein Handy hat vorhin geklingelt", sagte Alessandro, der hübsche Assistent des Aufnahmeleiters, und riss sie damit aus ihren Grübeleien heraus.

Er hielt ihr das Telefon hin.

Jolie blickte ihn an. Er hatte solch zauberhafte kurze schwarze Locken und war vermutlich nur wenig älter, als Olivia.

Noch viel zu jung für sie! Oder genau das, um sie von ihren unnützen Überlegungen abzulenken?

Doch warum kam jetzt gerade dieser Gedanke in ihr hoch? Sie war doch mit Tina zusammen und stand auf Frauen!

Oder etwa nicht?

Die Nacht mit Thomas hatte offenbar mehr in ihr aufgewirbelt, als sie sich bis gerade eben noch eingestanden hatte! Noch mehr Zweifel sausten durch ihren Leib. Hatte sie sich vorschnell auf Tina eingelassen?

Alessandro hielt ihr demonstrativ das Mobiltelefon hin und hob es an, weil er wohl ihr Zögern bemerkte.

„Ja, danke dir", entgegnete sie und nahm das Telefon.

Es war ein Anruf von Olivia gewesen.

Alessandro ging und ließ sie erneut ratlos zurück. Sollte sie jetzt wirklich mit Olivia reden? Eventuell erzählte die Freundin etwas von Thomas und das würde jetzt nur noch mehr ihr Herz zusammenkrampfen.

Ein paar Schritte entfernt machte der Fotograf die Aufnahmen mit Melissa und es würde wohl nicht mehr lange dauern, bis auch sie wieder an der Reihe sein würde.

Für ein paar Sekunden würde die Maskerade ihrer Gefühle vor Olivia eventuell halten! Und die Freundin konnte ja nichts dafür!

Gleichzeitig zwangen die Neugier und die Sehnsucht sie jetzt, diesen Anruf zu tätigen. Jolie drückte die Taste und der Ruf flog in die Nacht.

Es dauerte einen Moment, bis Olivia sich meldete. Gerade genug Zeit für eine lächelnde und selbstbewusste Maske!

„Ich habe den Job und es ist einfach nur großartig hier", erzählte sie und schwenkte die Kamera so, dass Olivia etwas von den Aufnahmen sehen konnte.

„Fein für dich. Ich habe meine Übungen gemacht. Thomas lässt dich schön grüßen", entgegnete Olivia und da war er dann wieder, dieser Schmerz in ihr.

Was hatte Thomas Olivia von der letzten Nacht verraten? War er Gentlemen genug, um darüber zu schweigen, dass sie in der Kiste gelandet waren?

Oder protzte er bereits im Hotel mit seiner Eroberung herum? Schließlich hatte er ja ein erfolgreiches Topmodel flachgelegt!

Der Zweifel in ihr wollte Klarheit, aber mit einer Nachfrage würde sie sich jetzt verraten. Nicht die Stimme, sondern der Tonfall würde das Geheimnis preisgegeben.

„Ich muss gleich wieder!", sagte Jolie schnell, bevor die Täuschung zerbrechen würde, und setzte ein: „Schlaf gut", hinzu.

„Du auch!", erwiderte Olivia und legte auf.

Der Kameramann wechselte auf eine andere Position und Jolie nippte an ihrem kalt gewordenen Kaffee.

Noch einmal ging sie in Gedanken die Situation im Hotel durch. Thomas war ziemlich betrunken gewesen. Vermutlich mehr, als sie selbst.

Eventuell konnte er sich daher an nichts erinnern, aber das würde sicherlich wieder zurückkommen, falls sie sich irgendwann einmal bei Isa treffen würden.

Grübelnd dachte sie an Thomas zurück. Seufzend stellte sie ihn sich vor. Und neue Zweifel kamen in ihr hoch, denn so betrunken konnte er nicht gewesen sein, der Sex mit ihm war nämlich wirklich grandios gewesen.

„Verdammt", stieß sie aus.

Zumindest hatte er aber über ihre Verfehlung geschwiegen, sonst hätte Olivia das eventuell erwähnt!

„Jolie, kommst du?", fragte Melissa.

Ja, in der Nacht war sie gekommen! Sogar zweimal, aber Melissa hatte sie gerade mit ihrer Frage aus den nutzlosen Grübeleien gerissen.

Sie musste wohl etwas verwirrt schauen, denn die Freundin zeigte mit dem Finger zum Produktionsteam, das ein paar Schritte entfernt auf sie wartete.

Alessandro nahm ihr die Jacke von den nackten Schultern und Jolie eilte hinüber.

„Noch ein paar Bilder, dann haben wir es für heute im Kasten!", erklärte der Fotograf.

Jolie konzentrierte sich auf ihren Job, schaltete die Gedanken ab und tat, was sie tun musste.

Eine knappe Stunde später war sie wieder in dem kleinen Hotel eingetroffen.

Es war schon weit nach Mitternacht, als sie sich in der Duschkabine auf den Boden setzte und das warme Wasser über ihren Körper rieseln ließ.

Mit dieser Berührung der Tropfen kamen jetzt die Tränen abermals so richtig hoch, denn der Brausestrahl streichelte ihren Leib so, wie es Thomas in der Nacht zuvor getan hatte.

Warum hatte das alles nur sein müssen? Hätte es nicht ein anderer Mann sein können? Einfach nur ein unverbindlicher One-Night-Stand im Sommerurlaub? Nur Sex und vorbei? Mit einem wildfremden Kerl, den sie danach nie wieder sehen musste? Und nicht mit dem Freund ihrer besten Freundin?

Sie würde mit den Konsequenzen ihre Tat leben müssen, doch wie weit gingen die? Ein bisschen unverbindlicher Sex war für Tina sicherlich kein Trennungsgrund, aber für Isa möglicherweise.

Und zwar nicht nur von Thomas, sondern auch von ihr. Sie würde mit ihrer Aussage die Freundin in den Kummer stürzen.

Würde Thomas ihr gegenüber etwas sagen? Das wusste wohl nur er! Und was geschah, wenn sie es Isa verschwieg und Thomas es dann der Freundin gegenüber zugab?

Es wurde immer vertrackter und nur Thomas konnte das Problem lösen. Doch in ihrer gegenwärtigen Situation würde ein Anruf bei ihm ihre Lage sicherlich nur noch verschlimmern.

Oder verbessern?

Konnte sie Thomas zum Schweigen verpflichten? Weitete das die Lüge nur noch weiter aus?

Und sie musste mit ihm reden, bevor sie Isa den nächsten Bericht geben konnte.

Im Zweifelsfalle wäre sie sonst sofort der Lüge überführt!

Allerdings fehlte ihr seine Telefonnummer!

Aber eventuell konnte Olivia ihr dabei helfen!

Jolie stemmte sich in der Dusche hoch, wusch sich sauber und trocknete sich danach gründlich ab, bevor sie in das Zimmer ging.

Wollte sie jetzt damit Zeit gewinnen?

Das schob das Unausweichliche nur vor ihr her. Sie musste sich der Tatsache des Betruges stellen!

Jetzt und hier!

Eigentlich hätte sie das schon an diesem so verhängnisvollen Morgen am Tage zuvor tun müssen.

Nachdenklich blickte sie auf ihr Handy, bevor sie mit zitternden Fingern abermals Olivias Nummer wählte.

Ein Blick auf die Uhr zeigte ihr, dass es früh um kurz vor drei Uhr war.

Es war so ungefähr die Zeit, zu der sie vor 24 Stunden den zweiten gigantischen Orgasmus mit Thomas gehabt hatte!

Abermals jagte ein Schauer durch ihren Leib! Glück und Schmerz konnten so nah beieinander liegen!

Es war alles so unfair!

Jolie seufzte auf und wischte den Kummer fort. Ihre Stimme musste überzeugend und fröhlich klingen! Sie schaltete die Kamera ab und hielt sich das Handy ans Ohr.

Da es tiefste Nacht war, dauerte es eine geraume Weile, bevor sich Olivia verschlafen meldete.

„Du, bitte entschuldige den Anruf!", begann Jolie und Olivia murmelte etwas Unverständliches. „Kannst du bitte Thomas das Telefon bringen? Ich muss mit ihm reden", setzte Jolie hinzu.

Jetzt vernahm sie Schritte im Hörer. Offenbar schob sich die schlaftrunkene Olivia zu Thomas' Zimmer über den Flur.

Auch das Klopfen hörte sie und dass sich Thomas einen Moment später über die Störung beschwerte.

„Hallo, Jolie", vernahm sie danach seine Stimme.

„Du, Thomas, bitte schweige über das, was da gestern zwischen uns war! Ich möchte die Beziehung zu Tina nicht riskieren", bat sie ihn.

„OK, mache ich", entgegnete Thomas.

„Schlaf schön", setzte sie noch hinzu und legte auf.

War es damit jetzt zu Ende?

Erneut hatte sie eine Lüge benutzt. Wann würde das enden?

Hier und jetzt?

Oder niemals?

Seufzend schaute sie auf das langsam verlöschende Display.

Mit seiner Stimme hatte sie jetzt auch wieder die letzte Nacht im Kopf.

Die war so wunderschön gewesen!

„Verdammter Mist!", stieß sie aus, warf das Handy von sich und ließ sich nach hinten auf das Bett fallen.

31. Kapitel

Große Pläne

$\mathcal{T}$ina starrte auf die geschlossene Tür, aber eigentlich blickte sie durch das Holz hindurch. Vor ein paar Minuten war Jolie gut gelaunt in die Wohnung getanzt, hatte ihre Tasche in die Ecke geworfen, die Nachricht verkündet und war unter die Dusche gegangen.

Und jetzt brauchte Tina einen Moment, um diese Botschaft zu verarbeiten.

Dabei war der Inhalt der Information doch klar, denn wenn man ungeschützt am Tage des Eisprunges mit einem Mann Sex hatte, hieß das nur eines: Alessandro war also der glückliche gewesen, den Jolie als Vater ihres Kindes vorgesehen hatte!

Selbstverständlich war es nicht einfach nur so geschehen, wie Jolie vorhin behauptet hatte, weil Jolie nie irgendwas ohne Absicht tat! Selbst beim Kauf eines Joghurts überlegte sie dreimal, ob oder ob sie ihn nicht in den Korb legen sollte!

Es gab wohl keinen Menschen in diesem Universum, der etwas mir weniger Plan machte, als Jolie es tat.

Natürlich war das Ganze ein Wendepunkt in ihrem Leben gewesen. Alles hatte sich nahtlos aneinander gefügt. Erst die Annahme der Professur, danach Jolies Rückzug von den Modeljobs und jetzt dieser Urlaub, den die Geliebte offenbar zum Überlegen genutzt hatte!

Vielleicht war Jolie jetzt reif dafür, den nächsten Schritt zu machen. Es war ihre eigene Entscheidung gewesen und sie hatte sie nicht dazu befragt.

Aber konnte sie ihr deshalb böse sein?

Eigentlich nicht.

Jolie hatte sich wohl dafür bereit gefühlt, die sich ihr mit Alessandro bietende Gelegenheit genutzt und sie würde die beste Mutter sein, die ein Kind sich nur wünschen konnte.

Gerade trällerte Jolie einen italienischen Schlager und hätte damit sicherlich in jeder Castingshow einen der vorderen Plätze belegt.

Was Jolie anpackte, das wurde ein Erfolg und damit war jetzt schon mal klar, dass es in neun Monaten hier etwas Babygeschrei geben würde.

Ein neuer und aufregender Lebensabschnitt für sie beide würde beginnen: in einem Jahr wären sie eine richtige Familie.

Da fehlte jetzt nur noch eines!

Tina riss sich von ihren Grübeleien los, ging zum Schränkchen und zog die Schublade auf.

Durch Isa und die Gespräche mit ihr war auch Tina zu einem Entschluss gekommen. Sie klappte die kleine Schachtel auf und sah sich den Brillantring noch einmal an.

Ein Karat als Verlobungsring!

212

Eigentlich hatte sie den richtigen Moment abwarten wollen, doch genau dieser Augenblick war der perfekte Zeitpunkt für den Antrag.

Tina schleuderte ihre Sachen beiseite, nahm den Ring aus dem Kästchen und rannte, mit dem Schmuckstück in der Hand, nackt ins Bad hinüber.

Jolie stand mit dem Rücken zu ihr in der Kabine und sang immer noch das zauberhafte Lied von der Abendsonne über Capri und den Fischern dort.

Flugs trat Tina zu ihr, berührte sie sanft an der Schulter und Jolie blickte halb darüber hinweg zu ihr zurück. Den Mund bereits für einen Kuss gespitzt, wartete sie und sah dann verblüfft aus, als sie in dem beengten Raum vor ihr auf die Knie ging.

„Jolie! Möchtest du meine Frau werden?", fragte Tina und hielt ihr den Ring in die Höhe.

Erst jetzt begriff Jolie wohl, was hier gerade geschah. Sie fuhr herum und ging auch auf die Knie.

Es wurde noch enger, bevor sie sagte: „Ja! Natürlich! Ich könnte mir nichts Schöneres wünschen!"

Glücklich lächelnd nahm sie den Ring entgegen, sie küssten sich und liebten sich danach leidenschaftlich unter dem warmen Wasserstrahl der Brause.

Schließlich saßen sie dann viel später in die dicken Bademäntel gehüllt am Kamin, tranken von dem köstlichen Wein und Jolie bewunderte immer wieder den Verlobungsring.

Der war offenbar genau nach ihrem Geschmack.

Die Zukunft lag offen vor ihnen. In ein paar Wochen würden sie heiraten, denn Jolie würde das sicher machen wollen, solange der bald dicker werdende Bauch sie noch nicht von einem wunderschönen weißen Kleid abhielt.

Schon immer hatte sie sich nach einer Hochzeit wie im Märchen gesehnt und auch dieser Wunsch würde sich selbstverständlich erfüllen.

Und auch sie war jetzt bereit, das unstete Leben im Jetset für immer hinter sich zu lassen.

Die Annahme dieser Professur und die Arbeit mit den jungen Studentinnen waren für sie beide zum Glücksfall geworden.

Jolie beugte sich zu ihr herüber und küsste sie.

Alles würde gut werden!

32. Kapitel

Die (halbe) Wahrheit

Selbstverständlich war es rücksichtslos, hinterhältig und unter ihrem Niveau, den unwissenden Alessandro vors Loch zu schieben und Jolie wusste das auch nur zu gut, doch ihr am Tage nach dem Desaster mit Thomas wieder messerscharf funktionierender Verstand hatte ihr keine andere Wahl gelassen.

Ein Blick auf ihr Handy hatte ihr unmissverständlich klargemacht, dass sie zum Zeitpunkt des Eisprunges mit Thomas in der Disko gewesen war und da er danach in der Nacht zweimal ohne Kondom in ihr gekommen war, war sie beim Erwachen am Morgen schon schwanger gewesen.

Sie kannte ihren Körper nur zu gut und wusste, dass sie nach ihrem Zyklus die Uhr stellen konnte.

Es war dann wohl auch mehr eine göttliche Fügung gewesen, dass Alessandro eine jüngere Ausgabe von Thomas war.

Gerade einundzwanzig und gut gebaut, ebenfalls schwarzhaarig, aber sonst so ganz das Gegenteil von Thomas. Er war in sich gekehrt, verschlossen, schweigsam und beinahe schüchtern! Und das, wo er doch in dieser Branche immer mit den tollsten Frauen arbeitete. Oder eventuell gerade deswegen!

Es hatte jedenfalls nicht lange gedauert und nur einiger gut geübter Augenaufschläge bedurft, um ihn in einer Drehpause zu einem Quickie im Garderobenwagen zu verführen.

Der Sex mit ihm war allerdings lausig und den Orgasmus hatte sie vorgetäuscht, aber er war in ihr gekommen, als Alibi sozusagen.

An dieses Schäferstündchen würde sie keinerlei weiteren Gedanken mehr verschwenden, es hatte seinen Zweck erfüllt. Nichts sonst!

Die Nacht mit Thomas hingegen war noch immer als Highlight in ihrem Gedächtnis gespeichert. Trotz der offensichtlichen Verfehlung fühlte es sich gut an.

Oder war das dem geschuldet, dass es etwas Verbotenes gewesen war? Niemand durfte es erfahren und wenn Thomas schwieg, dann würde diese wundervolle Nacht auch ihr beider Geheimnis bleiben.

Jolie konnte es nicht sagen, was es war, aber irgendetwas tief in ihr zog sie immer noch zu dem Mann. Aber sie musste ihn sich aus dem Kopf schlagen!

Nur diese wundervolle Erinnerung an Stunden der Lust durfte bleiben!

Momentan lag sie bei Tina im Bett, vor dem Fenster wurde es langsam Dunkel und sie bewunderte erneut das Feuer des Diamanten, den Tina ihr zuvor geschenkt hatte.

„Der hat doch sicher ein Vermögen gekostet!", flüsterte sie der Partnerin ins Ohr.

„Du bist mir dies Wert! Und das Geld kommt ja wieder rein", entgegnete Tina und küsste sie.

„Wieso das?"

„Na, diese Parfümfirma wäre verrückt, wenn sie nicht dein Bild als dasjenige für den Start der europaweiten Kampagne wählen würde. Melissa hat nicht den Punkt getroffen, dein Porträt strahlt mehr!", erzählte Tina.

„Woher weißt du das?", fragte Jolie überrascht nach.

Sie selbst hatte die Bilder noch nicht gesehen und die Models waren von der Auswahl ja sowieso ausgeschlossen.

„Ich habe da so meine Quellen", entgegnete Tina lächelnd.

„Ach so. Du kennst den Fotografen!", antwortete sie der Freundin.

„Soll ich dir mal die Fotos zeigen? Rudi hat sie mir heute früh gemailt?", erkundigte sich Tina.

Einen Moment später saßen sie nackt vor dem Laptop und Tina blätterte die Bilder auf. Die waren wirklich großartig geworden und Rudi hatte offenbar immer genau den Moment eingefangen, in dem sie heftig mit dem hinter ihm stehenden Alessandro geflirtet hatte.

Melissas Bilder waren ebenfalls brillant, aber es fehlte ihnen das letzte Quäntchen zur perfekten Aufnahme.

Unbewusst hatte sie wohl wieder mal zum passenden Zeitpunkt genau das gemacht, was das richtige war.

Alles hatte gepasst, bis auf Thomas!

Selbstverständlich war er der perfekte Vater für ihr Kind, aber er war eben auch der Freund ihrer besten Freundin und wenn der Eisprung und der Alkohol nicht ihren Sinn vernebelt hätten, dann hätte sie unter keinen wie auch immer gearteten Umständen mit ihm in seinem Bett landen dürfen.

Oder war auch das Schicksal?

Wenn zu viele Zufälle eintrafen, dann war das ganze daraus resultierende auf gar keinem Falle mehr Zufall.

„Der Mensch denkt und Gott lenkt", hatte Isas Großmutter ihr mal bei einem Besuch gesagt und vermutlich hatte die alte Frau damit den Nagel auf den Kopf getroffen.

Es wäre vermutlich egal gewesen, was sie gemacht, getan oder gedacht hätte, wenn Thomas und sie ein Kind hätten zeugen sollen, dann wäre das auch eingetroffen.

Und es war ja auch so eingetreten. Nur sagen durfte sie es keinem. Nicht mal Thomas und dafür hatte Alessandro eben herhalten müssen.

218

Aber jetzt musste sie sich von diesen Grübeleien ablenken!

„Hast du denn über meine Idee mal nachgedacht?“, fragte Jolie daher ihre Partnerin.

„Welche wäre das denn, außer Familie, Haus und Kind?“

„Na die, dass ich Coach oder Agentin für Models werden könnte. Das ginge auch mit Kind von hier aus! Ich hatte dir doch von Olivia erzählt!“

„Der kleinen, blonden und sexy Maus?“

„Ja! Sie möchte auch Model werden“, erklärte Jolie und zog ihr Handy zu sich.

Schnell zeigte sie ihrer Partnerin ein paar Schnappschüsse, die sie von Olivia am Pool gemacht hatte.

„Ja, die Kleine hat Potenzial“, stimmte Tina ihr zu.

„Mit dem Spot bei der italienischen Parfümfirma steigt dein Marktwert gerade gewaltig und wenn du das Gesicht der Kampagne wirst, dann hättest du damit den Bekanntheitsgrad, dass das klappen könnte!“, setzte Tina fort und bestärkte sie jetzt in ihrer Idee.

„Vielleicht könntest du ein paar Bilder von Olivia für deren Mappe machen. Das würde ihren Wert auch steigern?“, fragte Jolie nach.

„Wenn sie hier wäre, sicherlich!“

„Sie wohnt im Nachbarort, geht aber noch zur Schule!“, erklärte Jolie ihrer Freundin.

„Ein paar gute Fotos können da auf keinem Falle schaden!", bestätigte Tina ihren Gedanken.

Und schon wieder kam eines zum anderen.

Alles fügte sich perfekt zusammen.

Jetzt blieb nur noch die Gefahr zurück, dass sie hier irgendwann mal auf Thomas traf und der dann eventuell die richtigen Schlüsse zog.

Zwar hatte er versprochen, über jene Nacht zu schweigen, aber wenn sie hier im nächsten Frühjahr mit dem Kinderwagen durch die Gegend zog, dann musste er nur neun Monate zurückrechnen und dann wäre sie geliefert.

Allerdings wollte sie sich jetzt erst einmal von den nutzlosen Gedanken ablenken und setzte sich daher breitbeinig auf Tinas Schoß, wodurch sie auf deren Stuhl jetzt mit dem Gesicht zueinander saßen.

„Glaubst du, dass da jetzt schon ein neues Leben in dir steckt?", fragte Tina und strich ihr über den nackten Bauch.

„Ich glaube das nicht nur, ich weiß es!", entgegnete sie sicher.

„Dann ist dieses Glas Wein jetzt das letzte für mindestens ein Jahr!", legte Tina fest und sie stießen damit an.

„Ich kann auf alles verzichten. Nur auf dich nicht!", flüsterte Jolie, nahm den letzten Schluck von dem wirklich köstlichen Rotwein und stellte danach das Glas zur Seite.

„Und was habt ihr hier so für wilde Spiele in meiner Abwesenheit gespielt?", fragte sie.

Tina schmunzelte und hob ihr das Gesicht entgegen.

„Soll ich dich dafür auch noch mit einem Kuss belohnen?", entgegnete Jolie dieser Geste lächelnd.

„Ich war ein furchtbar böses Mädchen und möchte dafür bestraft werden!", wisperte Tina zurück.

„Darüber lässt sich reden!", entgegnete Jolie und küsste Tina.

„Du bist die Liebe meines Lebens!", erklärte Tina und setzte hinzu: „Ihr beide!"

Dabei streichelte sie erneut Jolies Bauch.

„Ich liebe dich ebenfalls! Aber jetzt muss ich dich dann wohl doch bestrafen, du böses Mädchen!", erwiderte Jolie und schwang sich aus ihrem Sattel.

33. Kapitel

Gemeinsame Ziele

*T*homas war jetzt auf den Tag genau zwei Wochen fort und das bedeutete wohl, dass er heute zurückkommen würde. Die Anzahl seiner Nachrichten und Bilder in dieser Zeit war gerade mal so zweistellig geworden.

Von Jolie hatte er in der ganzen Zeit nicht eine einzige Zeile geschrieben und dabei wusste Isa doch ganz genau, dass er sie wohl kaum übersehen haben konnte.

Eine Frau wie Jolie übersah man nicht einfach so! Man ignorierte sie mit Absicht!

Jolie war jetzt auch schon wieder ein paar Tage zurück, wie ihr Tina gesagt hatte, aber die Freundin hatte es bisher noch nicht bis in ihr Café geschafft.

Wenn sie nicht genau gewusst hätte, dass da zwischen den beiden nichts gelaufen war, dann hätte sie denken können, die Freundin ging ihr absichtlich aus dem Weg!

Der gerade so abgeklungene Zweifel war wieder da und schrie sie förmlich an. Doch der musste zum Schweigen gebracht werden!

Sie würde mit Thomas reden müssen, denn so ging es nicht weiter! Die paar Tage und Nächte mit Tina hatten vieles aus ihrem Inneren nach oben gewühlt und einiges von ihren Bedürfnissen aufgezeigt. Das Vertrauen in einer Partnerschaft stand da ganz oben.

So wie Jolie und Tina es taten, denn auch wenn die beiden hunderte Kilometer voneinander entfernt waren, so wusste jede doch von der anderen, was sie machte und dachte.

So etwas wünschte sie sich auch mit Thomas. Sie wollte wissen, was er tat und wohin er ging, wenn er früh das Haus verließ!

Oder war das zu viel verlangt?

Sicherlich nicht!

Tina hatte ihr am Vormittag beim Kaffee in dem kleinen Bistro vorgeschlagen, eine gemeinsame Vernissage zu machen. Fotos und Gemälde zusammen. Tina kannte viele einflussreiche internationale Freunde und hatte auch schon eine Galerie für dieses Projekt gefunden.

Jetzt hob Isa den Kopf und schaute auf ihre Bilder. Eigentlich sollte sie nur noch fünfzehn bis zwanzig ihrer Gemälde auswählen, die dann dort einen Platz an der Wand und eventuell auch einen im Herzen eines Sammlers finden konnten.

Die Entscheidung fiel ihr etwas schwer, aber wenn das klappen würde, dann konnte das für sie der Sprung nach ganz oben werden, denn Tina hatte angedeutet, dass auch ein Galerist aus New York möglicherweise die Ausstellung besuchen würde.

Isa trat vor eines der Bilder, nahm es in die Hand und betrachtete es. Dabei fiel ihr ein, dass sie nach der kurzen Zeit, die sie Tina erst kannte, mehr gemeinsame Ziele mit ihr hatte, als nach den fünf Jahren mit Thomas.

Da war doch etwas Grundlegendes in ihrer Beziehung schiefgegangen!

Bei ihr hatten die zwei Wochen der Trennung für genügend Zeit gesorgt, um über die Verbindung zu ihrem Freund nachzudenken. Und hoffentlich war dem auch bei Thomas so!

Der grandiose Sex mit ihm konnte sie jedenfalls nicht mehr darüber hinwegtäuschen, dass sie mehr als das wollte.

Von Tina wusste sie, dass Jolie schwanger war und die beiden heiraten wollten.

Eventuell war auch das eine Richtung, in die sich ihr Leben weiterentwickeln konnte. Haus, Mann, Kind und malen, das alles ließ sich bestimmt gut unter einen Hut bringen!

Sie würde ihm bis nach Tinas Hochzeit Zeit für einen Antrag lassen und danach die Dinge wie die Freundin in die Hand nehmen!

„Selbst ist die Frau!", hatte sie durch Tina gelernt!

Vorsichtig stellte sie das Bild zurück und es klapperte an der Tür. Das musste Thomas sein!

Ein unergründlich tiefes Sehen durchraste augenblicklich ihren Körper und verdrängte erst einmal alles andere!

Er trat in den Raum, stellte den Koffer ab und noch bevor er auch nur ein Wort zur Begrüßung sagen konnte, flog sie in seine Arme! Sie trug nur den Malerkittel über der Unterwäsche und auch Thomas war blitzschnell von sämtlicher Wäsche befreit.

Diverse irreparable Schäden an der Unterwäsche nahm sie dabei billigend in Kauf!

In den folgenden Stunden holte sie sich alles, was sie in den letzten zwei Wochen von ihm an Zärtlichkeit und Leidenschaft vermisst hatte und Thomas schien es ähnlich zu gehen.

Sie liebten sich durch die ganze Wohnung!

Und das, wo er doch die heißen Bilder noch gar nicht gesehen hatte!

Irgendwann waren sie dann wohl vor Erschöpfung mitten in der Wohnstube auf dem Teppich eingeschlafen, denn dort erwachte Isa nackt neben ihrem schnarchenden Freund.

Im schummrigen Licht des späten Nachmittags blickte sie ihn an. Er war ihr Held, Beschützer und Partner und sie würde ihn nie wieder so leichtfertig aus ihrem Leben lassen!

Dazu war diese große Liebe einfach zu kostbar!

Isa drehte sich auf die Seite, stütze den Kopf in die Hand und suchte seine Gesichtszüge ab.

War da schon wieder dieser kleine Zweifel in ihr? Der musste auf der Stelle verschwinden, denn wenn der zu mächtig wurde, dann konnte er alles zerstören!

Und gegen diesen von innen nagenden Zweifel gab es nur Vertrauen und ehrlich miteinander reden. Dass sie ihm eine Treuetesterin auf den Hals geschickt hatte, das würde das letzte Geheimnis bleiben, dass sie nicht mit ihm teilen würde, alles andere, auch die Nächte mit Tina, würde sie ihm erklären!

Hoffentlich hatte er dafür Verständnis, dass sie ihre eigenen Bedürfnisse kennenlernen wollte.

Auf Tinas Hochzeit würde Thomas dann auch auf Jolie treffen und spätestens dann würde sie eine Antwort dafür brauchen, dass Jolie in Italien gewesen war.

Aber konnte es nicht auch sein, dass sie Jolie erst nach deren Rückkehr hier wiedergetroffen hatte?

„Ich liebe dich, mein Herz!", flüsterte sie und drückte einen Kuss auf seine breite Brust, womit sie ihn wieder weckte.

„Oh mein Gott, du hast mich ganz schön geschafft, du ausgehungerte Wildkatze!", stöhnte er und blickte sie an.

„Lass uns erst mal duschen gehen", entgegnete sie ihm schmunzelnd und dachte an die Bilder von Tina. Die würden ihn sicherlich die nächste Nacht wach und auf ihr halten!

„Geh schon mal vor, ich komme gleich nach!", erklärte er und gab ihr einen Kuss.

Isa erhob sich und blieb einen Moment über ihm stehen, dann nickte sie und ging die paar Schritte bis ins Bad.

Warum war er nicht gleich mitgekommen?

„Neuer Zweifel, schweig still!", dachte sie, betrat die Duschkabine und drehte das Wasser an.

Einen Moment später stieg Thomas in die Kabine, hob sie an und küsste sie, dann kniete er sich in den beengten Raum, hielt ihr einen Ring hin und sagte: „Willst du meine Frau werden?"

Irgendwie kam ihr das alles aus Tinas Beschreibungen nur zu bekannt vor!

„Ja!", platzte es so laut aus ihr heraus, dass vermutlich auch die Nachbarn noch etwas davon hatten.

Er steckte ihr den Ring an und sie wuschen sich gegenseitig.

Nach der Dusche begann er zu erzählen: „Ich habe in den letzten Tagen erkannt, wie wichtig eine Familie ist! Ich habe meinen Bruder nach langen Jahren wiedergefunden. Er hat eine zauberhafte Familie mit zwei Kindern und einer Frau!"

„Du hast einen Bruder?", fragte sie gespielt überrascht.

Jetzt sprudelte alles aus ihm heraus und sie redeten weitere Stunden über alles. Auch über Tina, aber Jolie erwähnten sie beide nicht mit einer Silbe.

34. Kapitel

Der letzte freie Tag?

Sie war jetzt in der sechsten Woche schwanger, stand in Tinas erst vor ein paar Tagen eingerichteten Atelier, mampfte einen Gummibären nach dem anderen in sich hinein und betrachtete dabei das Brautkleid, das vor ihr an der Wand hing.

Jemand schob sich von hinten an sie heran, griff in die Tüte und stibitzte sich einen der Bären. Das konnte nur Olivia sein, die sich seit zwei Tagen mit in der Wohnung befand und im Gästezimmer hauste, um die Hochzeit mit vorzubereiten.

„He, Olivia, das sind meine!", stieß Jolie empört aus und zog die Packung aus Olivias Wirkungsbereich.

„Ich will nur vermeiden, dass du da morgen nicht mehr hineinpasst!", gab Olivia ihr frech zurück und zeigte auf das Brautkleid.

„Die sind ohne Zuckerzusatz!", erklärte sie schnell zu ihrer Verteidigung, hob einen der Bären hoch und betrachtete ihn. Der kleine Zellklumpen in ihr, der sie gerade zu dieser unbedachten Nascherei verführte, mochte jetzt wohl ungefähr so groß sein.

„Ich habe die aus der Apotheke! Fruchtsaftbären", setzte sie noch hinzu, hielt sich dieses Gummitier an den Bauch und blickte zu ihm herab.

„Die, oder saure Gurken mit Vanillesoße", seufzte sie weiter und warf den Bären danach zu seinen Artgenossen zurück in die Verpackung.

„Ich kenne das von meiner großen Schwester! Das gibt sich bald!"

„Na hoffentlich! Ich will mir gar nicht ausmalen müssen, auf was der kleine Bär in mir noch alles so kommt!", klagte Jolie und strich sich mit der Hand über ihren Bauch.

Olivia lachte nur.

„Na? Aufgeregt, wegen morgen?", fragte Olivia danach und kam um sie herum.

„Irgendwie schon", entgegnete Jolie.

„Dann lenke ich dich mal davon ab! Hopp, ab mit dir, ins Bad und frisch machen. Tina ist schon fort und wir zwei Hübschen ziehen jetzt auch gleich mit den Mädels um die Häuser! Junggesellinnenabschied!", erklärte Olivia und schnappte sich die Gummibärentüte.

„Ok! Aber kein Alkohol und keinen Stripper!", antwortete Jolie.

„Für dich habe ich eine Stripperin und du wirst sie lieben! Vermutlich buchstäblich!", erklärte Olivia und konnte sich das Schmunzeln offenbar nicht verkneifen.

In den letzten beiden Monaten war Olivia richtig selbstbewusst und kess geworden. Das war nicht mehr das unschuldige Mädchen, das sich vor der Disko gedrückt hatte. Was hatte sie da nur unbewusst für eine Bestie in Olivia geweckt?

Die Freundin zeigte wortlos auf die Badtür und Jolie überließ ihr notgedrungen die Bärentüte.

❧ ❧

Am folgenden Morgen weckte nicht der Wecker sie, sondern Olivia, die im Nachthemd in der Tür stand und sie gnadenlos aus dem Bett warf.

Wie eine Drillmaster bei der Army trieb die Freundin sie zuerst ins Bad, dann zum Frühstück und drückte sie hinterher, in Unterwäsche, im Atelier auf einen Hocker nieder.

„Heute mache ich dir die Haare und dein Make-up!", erklärte sie.

„Na, dann zeig mal, was du bei mir gelernt hast!", entgegnete Jolie, schloss die Augen und gab ein stummes Gebet ab.

Während Olivia um sie herumwirbelte, gingen ihre Gedanken an den Abend und die Nacht zuvor.

Olivia hatte mit Ramonas Hilfe alles wirklich perfekt organisiert. Isa war mit Tina und deren Studentinnen ebenfalls um die Häuser gezogen, doch dank mustergültiger Planung waren sie sich dabei nicht begegnet, obwohl die Anzahl der queeren Feiermöglichkeiten in der Stadt ziemlich begrenzt war!

Aber ein Aufeinandertreffen der beiden Gruppen von feierwütigen Frauen hätte womöglich Unglück für die Ehe gebracht. Zumindest nach Olivias Aussagen.

Auch die versprochene Stripperin hatte Olivia organisiert und die war wirklich genau nach ihrem Geschmack gewesen.

Lasziv hatte sie sich vor ihnen allen entblätterte und danach hatte Olivia sie, gegen ihren nur halbherzigen Widerstand, mit Romy im Hinterzimmer einer Bar eingeschlossen.

Dort waren sie sich dann gegenseitig an die Wäsche gegangen, obwohl Romy zu diesem Zeitpunkt schon nicht mehr viel Kleidung am sexy Leib gehabt hatte.

Sogar für eine größere Anzahl hygienisch verpackter Lecktücher hatte jemand gesorgt, wodurch sie sich beim Sex hatten schützen können.

Nach der sehr heißen und beiderseitig ziemlich explosiven Nummer hatten sie noch gegenseitig die Telefonnummern getauscht, bevor Olivia sie wieder aus ihrem Gefängnis auf Zeit befreit hatte.

Danach war Romy einfach mitgekommen und sie waren weiter um die Häuser gezogen. Auch

Romy hatte da so eine Ausstrahlung, welche die Kamera lieben würde und die Forderung nach XL Models war gerade ziemlich groß in der Modebranche.

Mit dem Ruf: „Fertig!", unterbrach Olivia ihre Gedanken.

Jolie wagte es kaum, die Augen zu öffnen, aber das Ergebnis war ansprechend und sehr gut geworden.

„Das sieht toll aus! Du hast viel gelernt!", stieß Jolie erfreut aus.

Dabei dachte sie an Olivias Make-up vom ersten Treffen damals in Italien zurück, da lagen wahrlich Welten dazwischen.

„Ich habe einen Kurs an der Volkshochschule gemacht!", erklärte Olivia nicht ohne Stolz.

„So! Etwas Blaues!", sagte Olivia und hielt ihr ein Strumpfband hin.

Jolie zog es sich sorgfältig über.

„Etwas Neues!", setzte die Freundin fort und klappte ein kleines Etui auf, in dem eine filigrane Silberkette mit einem kleinen Herz als Anhänger lag.

„Du bist verrückt!", entgegnete Jolie, doch Olivia winkte ab und legte ihr die Kette um.

„Und etwas Gebrauchtes!", erzählte sie noch und machte eines ihrer wunderschönen Armbänder ab. „Aber nur geborgt!", setzte sie hinzu, als sie das Armband an Jolies Handgelenk befestigte.

„Ich danke dir", entgegnete Jolie gerührt.

„Wozu sind Brautjungfern sonst da!", erwiderte Olivia.

„So, das Taxi kommt", begann Olivia, drehte den Kopf zur Uhr und setzte panisch hinzu: „In nicht einmal dreißig Minuten!"

Sie beide sahen sich an und schrien erschrocken auf.

Jetzt begannen sie wild umher zu rennen.

Hätten sie das in normaler Geschwindigkeit gemacht, dann wären sie wohl nach etwa fünfzehn Minuten fertig gewesen, aber so standen sie sich praktisch ständig gegenseitig im Wege.

Als sie sich dann endlich die Reißverschlüsse beider Kleider wechselseitig geschlossen hatten, klingelte der Fahrer des Taxis bereits an der Tür.

Mit Schuhen und Schleier in der Hand stand Jolie mitten im Raum und wusste gar nichts mehr.

Ihr Kopf war völlig leer.

Was wollte sie noch mal als Nächstes tun?

Um Hilfe flehend blickte sie Olivia an, der es aber offenbar momentan ähnlich ging.

Noch einmal klingelte es an der Tür.

„Das Taxi!", stießen sie beide gleichzeitig aus und rannten zur Tür, wo sie selbstverständlich zusammenprallten.

Das löste aber den Bann, beide halfen sie sich in die Schuhe, Olivia rief dem Taxifahrer zu, dass er noch einen Moment warten sollte und richtete dann ihren Schleier.

„Bereit?", fragte Olivia.

„Bereit, wie noch niemals zuvor!", entgegnete Jolie entschlossen.

„Dann lass uns gehen! Ach übrigens, es kommt noch ein Überraschungsgast!", erklärte Olivia wie beiläufig und machte es damit nur noch spannender. Aber sie verriet ihr nicht, wer kommen würde und da die Zeit jetzt drängte, eilten sie die Treppe hinab.

Der Beginn eines neuen Lebensabschnittes wartete.

Das Taxi setzte sich in Bewegung und Jolie legte ihre Hand auf das kleine Bärchen tief in sich drin.

„Alles wird gut!", flüsterte ihr Olivia zu, aber jetzt würde auch der Moment kommen, zu dem sie wieder auf Thomas traf.

Er stand auf der Gästeliste und war hoffentlich nicht der Überraschungsgast!

35. Kapitel

Zwei Überraschungen

$\mathcal{M}$it fürchterlichen Kopfschmerzen schreckte Isa hoch und warf den ohrenbetäubend lauten Wecker gegen die Zimmerwand. Im Bett sitzend brauchte sie danach einen Moment, um die Situation zu erfassen.

Neben ihr lag Tina nackt im Bett und schnarchte laut. Augenblicklich fiel es ihr wieder ein: der Junggesellinnenabschied am Abend zuvor! Sie waren mit einer Horde von Frauen von einer Bar zur nächsten gezogen und der Test der verschiedenen vorrätigen Whiskysorten in der letzten davon hatte ihr dann wohl endgültig die Beine fortgezogen.

Langsam kam auch der Rest wieder. Sie waren fröhlich in das Hotelzimmer gegangen, dass sie für Tinas letzte freie Nacht gemietet hatten und waren dann einfach buchstäblich übereinander hergefallen.

Es war schön gewesen, sehr schön sogar, nur der Schnaps hatte die besten Momente davon noch umnebelt.

„Raus aus den Federn!", sagte sie schmerzhaft laut und rüttelte Tina an der Schulter, doch die Freundin schnarchte ungerührt weiter.

„Frau Professorin! Du heiratest heute!", er-klärte Isa so laut, dass vermutlich auch der Zim-mernachbar es noch gehört hatte, aber bei Tina sorgte das für keinerlei Reaktion.

Hatten sie es wirklich so übertrieben, dass jetzt nur noch der Notarzt helfen konnte? Oder eine eiskalte Dusche?

Vermutlich eher das zweite davon, und zwar für sie beide!

Sie schnappte sich Tinas Arme und zerrte die Freundin hinter sich her ins Bad.

Es war eine mühselige Arbeit, die schlafende Frau in die enge Kabine zu bugsieren, den Hahn zu öffnen und sich mit dazuzustellen.

Tinas Schrei war vermutlich noch auf der Straße zu hören, trotz geschlossener Fenster.

„Mein Gott! Willst du mich umbringen?", stieß Tina aus und versuchte mühsam auf die Beine zu kommen.

Das Wasser war wirklich eiskalt gewesen und jetzt drehte Isa es auf warm, denn augenblicklich waren sie beide soweit munter.

„Nie wieder Alkohol!", fluchte Tina und hielt sich den Kopf.

Während Tina langsam zur Besinnung kam, wusch sich Isa schon fertig.

„Willst du vorher noch frühstücken?", fragte Isa, als sie aus der Kabine trat.

„Kaffee und eine Kopfschmerztablette!", murmelte Tina nur.

Beides war schnell beim Zimmerservice bestellt und währen Tina immer noch in der Duschkabine saß, kam schon der Kaffee.

Der Wecker des Hotels hatte durch ihren Wurf einen irreparablen Schaden genommen, aber der Zimmerkellner lächelte nur mild, als er mit den zwei Händen voller bunter Plastikteile den Raum verließ.

Der Rest des Zimmers sah nicht weniger verwüstet aus.

Im Bademantel setzte sich Isa auf die Bettkante und sah auf die Anzeige des Handys.

„Tina! Mach hin! Jolie wartet auf dich!", rief sie laut, um die Freundin aus dem Badezimmer zu treiben.

Als Isa den ersten Schluck von dem heißen Getränk zu sich nahm, trat Tina zu ihr, griff sich ihre Tasse und warf sich die Tablette ein, die sie mit einem großen Schluck herunterspülte.

Isa hielt ihr wortlos das Handy mit der Uhrzeit hin.

„Mist!", stieß Tina aus.

Der Kaffee war schnell heruntergekippt und wenig später hatte sich Tina in den wundervoll sitzenden schwarzen Anzug gekämpft. Danach half sie ihr noch mit dem Reißverschluss vom Brautjungfernkleid.

„Jede andere Hochzeit wäre zu Ende, bevor sie begonnen hätte, wenn der Bräutigam mit der

Brautjungfer im Bett landet!", versuchte Isa einen Scherz.

Tina winkte nur ab und besah sich das Durcheinander in dem Raum.

„Das überlassen wir dem Zimmerservice!", erklärte Isa.

„Und den hier auch!", setzte Tina hinzu und legte einen 100-Euro-Schein unter die Nachttischlampe.

„Unsere Kleidung von gestern taugt jetzt allerdings nur noch für den Müllcontainer!", seufzte Isa und hob ihr zerrissenes Bustier hoch.

Das Ding war sauteuer gewesen, aber zum Glück hielt das Kleid gerade alles ohne Unterwäsche obenrum fest!

„Los jetzt!", trieb Tina sie augenblicklich aus dem Raum.

Erst im Taxi hatte sie wieder Zeit, um daran zu denken, dass Thomas an diesem Tage auf Jolie treffen würde. Was würde er sagen?

Die Gäste warteten bereits und auch Jolies Mutter war unter ihnen. Nie hätte Isa damit gerechnet, dass sie hier auftauchen durfte, aber sicherlich war sie heimlich bei der Trauung ihrer Tochter.

Es dauerte noch einen Moment, bevor die strahlend schöne Braut in der Tür erschein.

Von Olivia gefolgt trat sie ein, schwebte in den Raum und stutzte, als sie ihre Mutter bemerkte.

Olivia, die Jolie eigentlich nach vorn begleiten sollte, trat lächelnd zur Seite und gab ihren Platz für Jolies Mutter frei.

Während die beiden nach vorn kamen, beobachtete Isa Thomas unentwegt. Sein Gesicht spiegelte Überraschung wider und sie würde ihm im Laufe der Feier noch erklären, dass sie Jolie vor ein paar Tagen hier wiedergetroffen hatte.

Die Trauung begann, es wurde feierlich und tränenreich, doch in Anbetracht der zu erwartenden Situation hatte Olivia klugerweise auf wasserfestem Make-up bei allen Beteiligten bestanden!

Anschließend begann die Feier und alle verstanden sich prächtig.

Auch Thomas und Jolie!

Die nächste Trauung würde ihre eigene sein, die gemeinsame Vernissage mit Tina war ein voller Erfolg gewesen und die erotischen Fotos, welche die Freundin von ihr gemacht hatte, hatten ihr eigenes Liebesleben auf ein ganz neues Niveau gehoben.

Sie wusste jetzt, was sie wollte und auch, wie sie es bekam.

Ihr Leben lag im goldenen Schein vor ihr ausgebreitet und nichts würde das mehr zerstören.

Der kleine Brillant an ihrem Finger war der Beweis dafür!

36. Kapitel

Am Wendepunkt?

Winter war es geworden und Jolie stand am Fenster. Sie sah den kleinen Flocken zu, die in ununterbrochener Folge aus den grauen und niedrig hängenden Wolken zu ihr herunterschwebten.

In ein paar Tagen wäre Weihnachten und danach endete das Jahr.

Was für ein Jahr war das gewesen!

Sie strich sich versonnen über den kleinen Babybauch und blickte auf die Weihnachtskarte herab, die sie vor ein paar Minuten aus dem Briefkasten gezogen hatte. Es war die erste Nachricht ihres Vaters seit Jahren! Nur ein paar höfliche Zeilen zum bald bevorstehenden Fest, aber immerhin.

Die letzten Monate hatten sich gut angefühlt. Die unheimlichen Fressattacken waren endlich vorbei, sie hatte ihre Agentur gegründet, Olivia befand sich momentan in Kapstadt zu ihrem ersten großen Job und auch Romy war augenblicklich sehr gefragt, denn ein Katalog für Dessous wollte gut bebilderte sein und mit etwas Beziehung hatte sie Romy dort mit untergebracht.

Ihre beiden Models waren also gerade beschäftigt und sie hatte daher ein paar Tage Muse, um neue Ideen auszuprobieren.

Wie die von dem Kinderzimmer, zu dessen offenstehender Tür sie jetzt hinüberblickte! Es war ein Traum für die Tochter, die sie in einigen Monaten im Arm halten würde, aber sie wollte ihr nur die Wege offen halten. Sie zu beschreiten würde die kleine Maus dann selbst lernen müssen.

Noch immer grauste es ihr bei dem Gedanken daran, dass sie nur für den Vater zum Pinsel gegriffen hatte. Es hatte fast fünf Jahre gedauert, um den dadurch angerichteten Schaden wieder zu kitten!

Das wollte sie sich und ihrem Kind gern ersparen.

Tina trat zu ihr und schaute auf die Karte.

„Von deinem Schwiegervater!", erklärte Jolie und sah die hochgezogenen Augenbrauen ihrer Partnerin. Auch Tina hatte wohl nicht mehr damit gerechnet, obwohl Mutter ja heimlich bei der Trauung gewesen war. Und natürlich auch auf allen Hochzeitsbildern, welche die Klatschpresse hinterher wochenlang gezeigt hatte.

Vater hätte blind sein müssen, wenn er das nicht bemerkt hätte.

„Möchtest du noch einen Tee?", fragte Tina.

„Ja, gern!"

„Unsere Freunde kommen dann zum Spieleabend!", setzte Tina noch hinzu.

Es würde damit also nicht mehr lange dauern, bis Thomas, Isa, Ramona und deren Tochter bei ihnen eintreffen würden. Ramonas Kleine war der reinste Wirbelwind und jetzt genau das richtige, um mit ihr schon mal für später zu üben!

Das Verhältnis zu Thomas war ein freundschaftliches geworden und ganz der Gentlemen, und gemäß seines Versprechens ihr gegenüber, war seit damals kein einziges Wort mehr zu dieser so verhängnisvollen Nacht in Italien gesagt worden.

Alle hatten die Geschichte von Alessandro geschluckt und ein bisschen glaubte sie fast selbst daran, dass es diesen Ausrutscher im Hotel nie gegeben und sie sich das alles nur eingebildet hätte, aber der Beweis dafür war spürbar und bewegte sich gerade in ihr.

Es war das erste Mal, dass sie das fühlte und es war wohl bezeichnend, dass es geschah, während sie an diese wundervolle Zeit der Zärtlichkeit mit Thomas zurückdachte.

Doch die Lüge in ihrem Bauch war eine tickende Zeitbombe, irgendwann würde es einen Zufall geben und dann konnte sie vermutlich nicht mehr aus dem Gespinst der Unwahrheiten entkommen!

Seufzend strich sie sich über den Bauch und hoffte, dass dies nie geschah!

Aber wie ein nicht sehr subtiles Menetekel zog eine alte Zeitung, die Tina auf das Schränkchen neben ihr gelegt hatte, ihren Blick auf sich. Da war ein Artikel drin, der gerade mahnend den symbolischen Zeigefinger hob: Vor ein paar Tagen hatte es hier einen Bombenalarm gegeben.

Im Krieg hatte ein Flugzeug eine Bombe auf den Zoo werfen wollen und der Blindgänger war nach fast 70 Jahren entschärft worden.

Die Überschrift in der Zeitung sprang sie soeben fast anklagend an!

Würde ihr das Entschärfen ihrer Bombe dann später auch noch gelingen? Oder würde dieser Sprengsatz eines Tages explodieren und dabei alles zerstören?

Die Freundschaft zu Thomas und Isa, die Liebe zu Tina und das Vertrauen ihrer Tochter?

Hoffentlich nicht!

Jolie fegte die Zeitung vom Schränkchen. Würde das später dann auch so einfach gehen? Oder brauchte sie dann eine neue Lügengeschichte? Jolie gab ein stummes Gebet noch oben ab und hoffte auf das Beste!

Tina kam mit dem Tee zurück.

„Fencheltee, gegen deine Blähungen", erklärte sie schmunzelnd.

„Du denkst auch an alles!", gab sie ihr zurück und erhielt auch noch zusätzlich einen Kuss.

Es klingelte und Tina ging zur Tür.

Die Freunde kamen und Jolie hatte damit keine Zeit für düstere Hirngespinste mehr.

Gedankenvoll blickte sie sich um. Der Einzug in diese Wohnung und alles, was danach geschehen war, war eine Wende für ihren Weg gewesen und dieser Pfad würde hoffentlich in eine schöne Zukunft führen.

Zumindest gab sie das an den Weihnachtsmann ab!

Und als artiges Kind hatte man doch mindestens einen Wunsch bei ihm frei.

Oder etwa nicht?

ENDE

Von Uwe Goeritz im Verlag BoD (Books on Demand, Norderstedt) ebenfalls erschienene Bücher:

„Cecilia im Bann der Liebe"
Die ISBN lautet: 978-3-7392-4583-6
112 Seiten

„Für Immer an deiner Seite"
Die ISBN lautet: 978-3-7412-8407-6
112 Seiten

„Die Liebe ist (k)ein Ponyhof"
Die ISBN lautet: 978-3-7412-7920-1
116 Seiten

„Griechische Küsse"
Die ISBN lautet: 978-3-7448-7274-4
116 Seiten

„Liebe hinter Klostermauern"
Die ISBN lautet: 978-3-7448-8973-5
120 Seiten

„Ein Pflaster für die Seele"
Die ISBN lautet: 978-3-7460-7947-9
112 Seiten

„Das Tor zum Paradies"
Die ISBN lautet: 978-3-7528-5837-2
124 Seiten

„Ein Kater rettet das Weihnachtsfest"
Die ISBN lautet: 978-3-7481-2863-2
236 Seiten

„Aurelia - Geliebter Engel"
Die ISBN lautet: 978-3-7494-5128-9
244 Seiten

„Sieben Nächte im Paradies"
   Die ISBN lautet: 978-3-7347-6647-3
   244 Seiten

„Drei verrückte Weihnachtswünsche"
   Die ISBN lautet: 978-3-7494-8575-8
   172 Seiten

„Ein besonderes Praktikum"
   Die ISBN lautet: 978-3-7528-4866-3
   248 Seiten

„Aurelia – In himmlischer Mission"
   Die ISBN lautet: 978-3-7519-1416-1
   244 Seiten

„Groupies tragen keine Ringelsöckchen"
   Die ISBN lautet: 978-3-7519-8353-2
   136 Seiten

„Heiße Küsse im Advent"
   Die ISBN lautet: 978-3-7526-1175-5
   264 Seiten

„Aurelia - Liebe in teuflischen Tiefen"
   Die ISBN lautet: 978-3-7526-4538-5
   260 Seiten

„Auf der Suche nach Mister Romeo"
   Die ISBN lautet: 978-3-7534-9226-1
   160 Seiten

„Ein Winterurlaub der Sinne"
   Die ISBN lautet: 978-3-7543-7451-1
   252 Seiten

„Aurelia - Im Kampf auf Liebe und Tod"
Die ISBN lautet: 978-3-7557-6151-8
272 Seiten

„Eine Nixe zum Abendessen"
Die ISBN lautet: 978-3-7557-1044-8
252 Seiten

„Weihnachten auf Schloss Wolfenfels"
Die ISBN lautet: 978-3-7568-3661-1
260 Seiten

Aktuelle Informationen und Neuerscheinungen finden sie immer im Internet unter:

www.Goeritz-Netz.de